EDIFICAR
UNIVERSOS

W0360635

Carles Monereo

ESE RUNRÚN...
(en mi cabeza)

europa
ediciones

© 2020 **Europa Ediciones** | Madrid
www.grupoeditorialeuropa.es | info@grupoeditorialeuropa.es

ISBN 979-12-201-0444-9
I edición: diciembre del 2020
Depósito legal: M-30122-2020
Distribuidor para las librerías: **CAL Málaga S.L.**

ESE RUNRÚN...
(en mi cabeza)

A Manuel, una voz que siempre invoca mi mente

El que és massa bo, sol ser un regal enverinat

1. RETRANSMISIÓN

—¡Qué fuerte!

—¿Qué ocurre?

—No te gires por favor, no te gires —bajando la voz—. Es la mesa que está detrás de ti, una pareja de más o menos nuestra edad.

—¿Y?

—Ella trata de reprimir las lágrimas. Mira hacia el mantel como perro apaleado. Creo que él le está diciendo algo sobre su madre… Que es igual de aguafiestas que su madre, o algo así. ¿No lo oyes?, tú estás más cerca.

—Ya sabes que estoy medio sordo… Y bueno, peleas tiene todo el mundo.

—Lo que pasa es que llevo tiempo mirándolos y el panorama ha cambiado mucho. Cuando han llegado, parecían estar bien, sonreían. Tras unos diez minutos, él se ha puesto a mirar el móvil. Al rato ella ha hecho lo mismo. Cuando les ha llegado el primer plato, ambos han dejado el teléfono y han tenido una conversación de ascensor.

—¿De ascensor?

—Sí, ya sabes, qué tal la semana, cómo te va el trabajo, parece que vuelve a refrescar…

—Entonces, ¿no están casados?

—Pues no sé, igual no tienen tiempo de contárselo en casa. A nosotros a veces también nos pasa.

—Mujer, mientras cenamos sí nos ponemos al día.

—Mientras cenamos vemos la tele, ese programa de política algo facha que a ti te gusta.

—¡No! ¡Si te parece miraremos tus chorradas de marujeo!

—Bueno, no pasa nada, pero hablar no hablamos. ¿Cuándo vino esta semana mi hermana a visitarnos?

—No empecemos con interrogatorios, de eso no me acuerdo, pero si quieres que…

—¡Ostras!, ahora él la ha agarrado del brazo y parece que le está haciendo daño… ¡No te gires!

—¡Qué hijo de puta abusar de una mujer...! Me estás poniendo nervioso, deja de mirar o tendré que decirle algo a ese cabrón.

—No, no ya la soltó. Ya está.

—Odio a esta gente que va a los restaurantes a hacer esos numeritos. Si quieren pelearse que lo hagan en su casa.

—Ya está, ya está, ella se ha recompuesto y creo que le ha pedido disculpas. Creo que él también está más calmado… le ha dicho algo así como… “no pasa nada o…ya ha pasado” ¡Ah! No, no, le ha dicho al final, “es que te pones tan pesada… sí, eso le ha dicho”.

—Bufff, qué bien, ya me estaban dando la comida, parece que al final son gente civilizada. Es que las mujeres a veces os alteráis por cualquier cosa y, claro, hay que entender que sois más sensibles, ¡pero en público…! Tú alguna vez también me has hecho algún numerito en público y sabes lo mucho que me molesta. A nadie le importan los asuntos personales de los demás.

—Sí, tienes razón, cada pareja es un mundo y no hay nadie que en realidad sepa lo que pasa en su interior

—¡Exacto...! Pues están buenas estas albóndigas. Al menos ha valido la pena asistir al mal rollo de esos dos, ¿no crees? —sonriendo.

—Sí, cierto —sonriendo también—. Oye voy un momento al servicio.

—Vale, pero no tardes que se te enfriarán las bolitas… ¡No las mías eh! Je, je…

—¡Cómo eres! —Levantándose de la silla.

Transcurridos casi 20 minutos, él no para de mirar en dirección a los servicios. Una mampara no permite ver las puertas de entrada y salida, y empieza a incomodarse. Pasados 30 minutos se levanta de su asiento y se dirige hacia allí.

Entreabre la puerta del lavabo de señoras y grita, cada vez con mayor intensidad:

—Carlota, …Carlota… ¿Estás ahí Carlota? Nada.

Bastante confundido, encamina sus pasos a la barra del restaurante y llama al camarero.

—Disculpe, es que hace rato que mi mujer ha ido al lavabo y no ha regresado. La he llamado desde la puerta, pero no he recibido respuesta. Temo que haya tenido un desmayo.

—Es extraño porque hace tiempo que no entra nadie en el lavabo… al estar prácticamente frente a él, suelo notarlo. ¿Cómo es su mujer?

—Bajita, redondita, ahora se tiñó el pelo con mechas de color violeta.

—¿Con un vestido a cuadros?

—¡Sí!

—Lo siento señor, pero me dijo que tenía una urgencia y que su acompañante, entiendo que usted, pagaría la comida… Me dejó una nota.

Cada vez más sorprendido, abre el papel y lee su contenido:

"*Nunca hubo ninguna pareja detrás de ti… lo que traté de retransmitirte es a nosotros mismos, dentro de muy pocos años. Eres insensible, estúpido, egoísta y prepotente. No trates de encontrarme*".

2. PURGACIÓN

En mi Tárrega natal los caracoles siempre han sido, por supuesto, mucho más que unos gasterópodos babosos que se arrastran por el fango. Pero también son bastante más que el ingrediente primordial de los platos más apreciados en la región: "a la llauna", con salsa, guisados, "a la montañesa", "a la gormanda". Los caracoles son casi un icono, un estandarte, un símbolo del ser catalán; aúnan el "seny i la rauxa", algo así como la razón y la pasión. La lentitud, que requiere sopesar las cosas, reflexionar, "enraonar" —razonar hablando—, y el placer de cogerlos con los dedos, extraer su contenido, rebañando la cáscara con un mondadientes, para luego succionar su interior. Todo ello en comunidad, como un acto tribal de canibalismo compartido, donde se habla de los temas más controvertidos, mientras se chupa, sorbe y relame, y los caparazones vacíos van formando una pirámide mortuoria cuya magnitud manifestará la importancia del festejo.

Este ritual suele iniciarse con la "purgación" de los caracoles en una jaula ligera, generalmente de alambre, suspendida en el aire. La actividad consiste en dejar en ayunas al caracol, más o menos una semana, para que se desprenda (defeque) de lo que haya comido y deje su cuerpecito en perfecto estado de ingestión.

Mi tío-abuelo Honorio adoraba los caracoles y ahora se está muriendo. Empezó a morirse hará cosa de dos años cuando le diagnosticaron ese cáncer cerca del riñón. Entonces dijeron que, por su avanzada edad, ochenta y tres, la cosa podía ir muy lenta y que tenía cuerda para rato. No tanto rato; cinco meses después empezó a morirse de verdad y en estas últimas tres semanas empieza a estar en el más allá que en el aquí.

Mi tío-abuelo Honorio era, es, mi padrino. En el mundo rural catalán el padrino puede ser el abuelo, pero también un familiar o incluso un amigo. En este caso es el hermano de mi abuela, la madre de mi padre. El padrino te compra el pastel de Pascua —la "mona" en Cataluña—, suele darte una propina de vez en cuando y, lo más relevante, es el encargado de sustituir a los padres si estos llegasen a faltar. En mi caso, faltaron desde mis ocho añitos y mis padrinos, Honorio y Roser, se hicieron cargo de mí y de mis dos hermanos, Margarida y Joan. Ahora, ya con treinta y nueve, los papeles han cambiado bastante y mi tío-abuelo es quien está a nuestro cargo, postrado en la cama y totalmente dependiente. A ciencia cierta nunca llegamos a saber exactamente qué fue de nuestros padres ni si aún siguen vivos en algún lugar apartado de la frontera mexicana. Dicen las historias familiares que murieron de sobredosis los dos en un antro de mala muerte de la ciudad de Chihuahua.

Mi tío-abuelo Charles, perdón, Honorio, era, es, todo un personaje. He dicho "Charles" porque mis hermanos y yo siempre le hemos llamado así en honor del gran Charles Aznavour, el famoso cantante francés. Y no es solo porque amase sus canciones y las tararease a todas horas, él era, se sentía Aznavour y se parecía (se parece) físicamente a él. Ambos nacieron un 22 de mayo, si bien con cinco años de distancia —mi abuelo en 1929 y Aznavour en 1924—. También ambos eran bajitos, bueno Aznavour un poco más, seductores, *charmants*, pero sobre todo ambos eran personas de principios, tenaces y coherentes.

El cantante francés ayudó a la reconstrucción de su país de nacimiento, Armenia, tras un terrible terremoto. Mi tío-abuelo Charles-Honorio, fue comandante del ejército español durante el franquismo y un héroe cuando llegó la democracia a España. Siendo comandante, perteneció a la UDM, la Unión Democrática Militar, una organización clandestina que nació a finales de la dictadura. Un demócrata convencido rodeado de fascistas. Lo condenaron a cuarenta años de prisión y a dejar el ejército. Fue indultado al llegar la democracia, pero ya no volvió a vestir de militar y vivió de una pensión del estado. Para mí siempre ha sido un héroe sin paliativos.

Eso sí, era (es) un tipo de la vieja escuela. Cuando te besaba en la mejilla hacía un "pop" con la boca, casi sin rozarte. Un gesto cariñoso sustitutivo del beso labial. Algo que un hombre-hombre no debía hacer a otro hombre, aunque fuese un sobrino-nieto. Y siempre, siempre, lo llamamos de usted. Una vez se me ocurrió tutearle, me agarró de las solapas y me dijo: Seguramente ese "tú, tío" que acabas de pronunciar no se refería a mí, sino a uno de esos colegas tuyos al que le llamas "ei tío", porque si pensase que se refería a mi… ¿recuerdas las bofetadas que repartía Bud Spencer en "Le llamaban Trinidad"?, pues eso.

Estos últimos días he pensado mucho en él, los caracoles y la purgación. De hecho, la palabra purgatorio tiene al menos dos acepciones, la de un estado o sustancia que limpia y purifica el organismo, sinónimo de purgativo; y la de un lugar o estado de purificación de las almas de los muertos que purgan sus pecados para alcanzar la gloria eterna.

El primer significado sería más positivo, despojarse de lo innecesario, superfluo. El otro en cambio implica alguna forma de redención y compensación, sufrir por las faltas o delitos cometidos para entrar impoluto a otro lugar. En todo caso, redimirse me parece una acción más voluntaria y heroica; se paga un precio por liberarse de la culpa y el sufrimiento. A uno, generalmente, como a los caracoles, le purgan.

Charles también estaba pasando un calvario, su purgatorio. No quiero entrar en detalles escabrosos, quizás solo apuntar que, para mí, y tras una semana de comer apenas un par de sopitas sin nada, la producción de tal cantidad de productos desechables era algo sorprendente, por no decir milagroso. Bueno, según los doctores eso era normal y un inequívoco presagio de que el fin estaba muy cerca. Por supuesto ellos no lo llaman purgación, emplean eufemismos como paliativo, cuadro terminal, rescate.

No solo su cuerpo, su mente también parece haber entrado en un estado de no retorno. No sé muy bien si se debe a una progresiva demencia senil o a que está claramente intoxicado por la morfina que se le suministra permanentemente. Es paradójico observar que se ha vuelto un auténtico adicto: "por favor, por lo que más quieras, ¡dame una de esas pastillas azules para el dolor!" Él que abominó de mis padres drogadictos, huidos y desaparecidos. Cuando hablaba de ellos, esa idea moderna de transtorno de la conducta aplicada a las personas drogodependientes, estaba en las antípodas. Desde su punto de vista eran seres viciosos, inmundos, casi criaturas infrahumanas dominadas por un deseo maligno.

En realidad, mis padres eran doctores. Ella de Filología Inglesa y él de Historia Moderna. Mi padre se llamaba David y mi madre Charlize, sí, antes de que la Theron fuese famosa. Dicen que era bellísima, rubia, esbelta, elegante como la actriz, la Theron. Nunca vi una fotografía suya. Al parecer mi tío Charles las quemó todas para tratar de olvidarles y dejar de sufrir por ellos. Cuando pienso en ella siempre me imagino a la maravillosa Charlize Theron.

Se conocieron en la entonces Facultad de Letras un 3 de abril de 1978, tres años después de la muerte de Franco, y nunca más se separaron, especialmente, para mal. Una de las versiones familiares cuenta que primero se fueron a vivir una vida de hippies a Formentera, en una comuna donde reinaba el amor libre. Luego se marcharon a Sudamérica y terminaron en México, con el desenlace conocido.

En la familia hemos hecho turnos día y noche. Aunque insistieron en que yo no me quedase, que se ocupaban los mayores de la familia, casi me enfado de verdad. Nadie podría apartarme de mi tío Charles en sus últimas horas, y aunque esperaba que no me tocase a mi presenciar su último suspiro, yo debía estar ahí por fidelidad a mi tío-comandante, como su soldado más leal, aquel que iba a recoger su legado, a seguir su ejemplo de entereza, coherencia, honor.

A pesar de la morfina, parecía tener momentos de extrema lucidez. Dicen que a las puertas de la muerte se producen esos momentos de aparente claridad. Esa mañana, serían aproximadamente las 10, a dos horas de su muerte, abrió los ojos súbitamente, me agarró del brazo temblando, pero con mucha fuerza, y dijo un conjunto de frases inconexas, en otro idioma…

«Et mon cœur délivré enfin de notre amour
Sans un remords, sans un regret je partirai
J'oublierai pour toujours
Et ton corps, et tes bras, et ta voix
Mon amour J'arracherai sans une larme, sans un cri
Les liens secrets qui déchirent ma peau
Me libérant de toi pour trouver le repos
En oubliant ta cruelle froideur
Et pourtant
Pourtant, je n'aime que toi…»

La última frase la repitió un sinnúmero de veces, desvaneciéndose poco a poco. Luego se calmó y volvió a respirar sosegadamente.

Aunque mi francés es prácticamente inexistente, esas palabras me sonaban mucho, en especial el párrafo final que había repetido tantas veces "*Et pourtant, je n'aime que toi*". Empecé a buscar su traducción en el *Google Translate*, donde sino, pero lo primero que me apareció fue Charles Aznavour y su canción "Et pourtant". La traducción decía así, más o menos:

«Y mi corazón finalmente liberado de nuestro amor
Sin remordimiento, sin arrepentimiento me iré
Lo olvidaré por siempre
Y tu cuerpo y tus brazos y tu voz
Mi amor lo arrancaré sin una lágrima, sin un grito
Los lazos secretos que destrozan mi piel
Liberándome de ti para encontrar descanso
Al olvidar tu cruel frialdad
Y todavía
sin embargo, solo te amo a ti»

En realidad, parecía una canción de desamor. *Olvidar tu fría crueldad*. En ese instante recordé la fabulosa colección de discos, en vinilo por supuesto, que mi tío-abuelo había coleccionado y catalogado durante toda su vida. Apenas tardé unos minutos en localizar el disco en cuestión. Charles mantenía el viejo tocadiscos en perfecto estado de revista, así que iba a poder escucharla en su formato más auténtico. Igual la oía, igual revivía al escucharla, igual…

Extraer el disco me estaba costando. Algo estaba enganchado entre el cartón del interior de la funda y el propio disco. Lo saqué con la máxima cautela. Se trataba de un escrito dentro de una bolsa de plástico. Nada en el mundo hubiese impedido que leyese ese texto. Estaba escrito a mano, con bolígrafo azul. Una caligrafía elegante y clara, de las que ya no existen. Sin embargo, parecía redactado a trompicones, aceleradamente. La parte derecha estaba algo desdibujada, aparecían unos círculos concéntricos, una especie de manchas, donde la tinta se había difuminado un poco. Pero podía leerse.

¿¿¿Realmente nunca nos dejarás en paz???... Descubrimos nuevamente a tu esbirro aquí en México y hemos tenido que huir de nuevo.

Te ruego, te suplico que me dejes en paz. Si realmente alguna vez me quisiste tanto como dices, demuéstralo. Déjanos vivir en paz. Yo ya olvidé aquella noche en que me forzaste y nunca he tenido intención de denunciarte. Sé que piensas que no lo he hecho porque sería tu palabra contra la mía, y quien iba a creer a una hippie drogadicta, esa asquerosa historia que inventaste para explicar nuestra desaparición. Pero podría enviar cartas a toda la familia y siempre quedaría la duda, ¿no te parece? Igual mi hijo te haría preguntas incómodas, igual querría investigar.

Qué vas a ganar secuestrándome, o matando a David, o a ambos. Nunca volverás a tenerme. Siempre llevamos con nosotros opioides, aquí son baratos y fáciles de encontrar, y antes de que tu hombre nos encuentre, los tomaremos.

Eres viejo y no tardarás mucho en morir. ¿No se supone que eras un militar de honor? Yo podría llegar a perdonarte si nos dejases en paz. ¡¡¡Por favor, basta ya!!!!!

Charlize

En ese momento me maldije. Si solo alguna de mis acciones encadenadas hubiese fracasado. Indagar sobre esas frases en francés, encontrar su origen, buscar el disco, leer la carta, que estuviese firmada, reconocer ese nombre, entender la historia, conocerte mejor. Seguramente mi madre, angustiada, desesperada, lloraba mientras la escribía, y emborronaba la tinta del margen derecho de esa carta.

Como un zombi, sin apenas pensar, me dirigí donde estaba el caracol. No había purgado lo suficiente. Lo saqué de la cama y lo lancé contra el suelo, con toda la violencia de que fui capaz. Gritaba de dolor. Empezó a reptar lentamente por el pavimento, esparciendo su asquerosa baba. Bajé al bar de la esquina a tomar una cerveza bien fría. El segundo turno aún tardaría en llegar. A los treinta minutos, fui a los baños y salí por una de sus ventanas.

Había avanzado muy poco. Su pijama estaba completamente mojado de toda suerte de fluidos. Tenía convulsiones, pero los ojos abiertos, llorosos. Alguien podría pensar que imploraban alguna cosa. Pero los ojos de los caracoles no imploran. Son animales muy simples, sin consciencia. Lo agarré del cuello del pijama, soportando su hediondo olor, y lo arrastré hasta el balcón, siempre abierto de par en par, para ventilar. Lo encaramé a la silla donde solía sentarse a mirar, probablemente a repetir en su babosa cabeza el "*pourtant, pourtant, je n'aime que toi*". No pesaba nada, en realidad menos que un caracol. Deposité la carta de mi madre en una de sus manos, que agarró con fuerza en un acto reflejo. Antes de que cayese al vacío me miró. Quise pensar que comprendía la situación, que esa era la carta, que su magnífica reputación quedaría para siempre aniquilada, pisoteada. Nunca lo sabré, de hecho, los caracoles no piensan.

Regresé al bar, encaramándome a la misma ventana por la que salí. Pagué y me acerqué al corrillo de gente que rodeaba a mi tío-abuelo Charles-Honorio. Su caparazón, tan duro como había sido, era un espumarajo, aplastado contra el suelo.

3. MAL FARIO

Todo había salido mal desde que salieron de casa. Al llegar al aeropuerto, Karlo preguntó a su mujer, Challi, que qué más les podría ocurrir.

—Cuando te pregunté qué más nos podría ocurrir, ¿qué pensaste...?

—¿Sinceramente?, …que ya solo faltaba que nos robasen las maletas…

—Yo también…

Tras cincuenta minutos esperando que sus maletas apareciesen en la cinta, se empezaron a preocupar.

En el mostrador de la compañía les dijeron que no era frecuente pero que, a veces, las maletas caían al ser trasladadas y algún auxiliar desaprensivo se aprovechaba de ello.

Al salir al exterior se miraron y gritaron al unísono, ¡pero que cojones nos está pasando!

—Pensemos en algo negativo, —dijo Karlo— …la misma cosa…

—¡Qué alguien nos insulte dentro de tres minutos!

—Vale —Y ambos se concentraron.

A los tres minutos, un transportista en su tráiler les espetó desde la ventanilla y a voz en grito:

—¡A donde vais con esas pintas, paletos!

—¡Lo ves Challi, si lo pensamos juntos, funciona...!

—Pero parece que solo funciona para las cosas malas, ¿funcionará también para las buenas? Pensemos una cosa buena….

Challi pensó en que quisiera que él volviera a enamorarse de ella, y él pensó en que en ese mismo instante le llamasen del trabajo para ese ascenso, tan esperado…

—Nada, ninguna llamada… ¿tú que has pensado Challi? ...en tu ascenso Karlo.

—¡Claro y yo!, ...ahora mismo es lo más importante, ¿te imaginas?, pasaría a ganar casi el doble.

—Sí Karlo, —asintió Challi—, lo más importante…

—Es una verdadera lástima, pero nuestro don solo parece funcionar para las cosas malas —certificó Karlo.

Los dos se quedan meditabundos.

—¡Oye!, se me ocurre una maldad. ¿Y si pensamos que mi jefe desaparezca? ...Si él desaparece mi ascenso ya no tendría obstáculos.

—Ja, ja, ¡pero como eres!, ...probemos…

Entonces Karlo piensa que a quien le gustaría desaparecer es a él, de golpe, sin dramas ni culpabilidades. Así podría plantearse una nueva vida con Maite, la secretaria de su jefe, con la que mantiene un idilio clandestino desde hace siete meses.

Challi también está pensando. Piensa que desearía que Karlo desapareciese de su vida, ese hombre que ya no la quiere, que solo piensa en el dinero y que coquetea con todas las faldas que encuentra. Que desapareciera sin dejar rastro.

Y en un segundo Karlo se esfumó en el aire…

4. DIABLILLO

—¿Qué haces ahí parado?

—¿Ves este restaurante tan moderno?

—¿El "21 para 22"? Hombre, es muy conocido, aunque mi pensión no me da para visitarlo.

—¿Y no recuerdas que había aquí hace diez años?

—Pues no, no era una zona que frecuentase. Pero, ¿a qué me lo vas a contar? Supongo que por eso hemos venido hasta aquí.

—Tienes toda la razón. Aquí estaba el Club Siglo XXI, y lo que te voy a contar ocurrió hará unos doce años.

Yo tenía 56 tacos en aquel momento, pero aparentaba, como mucho, 40. La mayoría de mis conocidos y todos los desconocidos que me presentaban, se asombraban y admiraban de mi tez impoluta y mi energía juvenil. Por supuesto, a mí me faltaba tiempo para sacar el tema a relucir cuando, en la conversación, participaba alguna fémina con posibles... Es decir, con posibles argumentos para llamar mi atención o alimentar mi narcisismo, ya de por sí elevado.

—¿Y cómo haces para mantenerte tan joven?

—Bueno, en realidad hice un pacto con el diablo.

—Ja, ja, ja ¡claro, le entregaste tu alma!

—Bueno, no exactamente, hoy por hoy los diablos son muy descreídos, y les interesan poco las almas. Más bien me hice publicista de su causa, a bajo coste.

Las risas continuaban y a partir de ahí lanzaba mis redes con suerte desigual. No, el objetivo no era llevármelas/los

—la audiencia entre el sexo masculino no era desdeñable— a la cama, sino convencerles de la inexistencia de nada parecido a un Dios compasivo y bonachón. Lo que lideraba el mundo y la humanidad era el egoísmo y cuanto más egoísta eras, mejor ciudadano. ¿O no era cierto, después de todo, que nuestros donativos a todo tipo de personas y asociaciones protectoras de los desvalidos y necesitados, nos hacían sentir muy bien?; ¿no era innegable que ayudábamos a muchos prójimos para reducir culpabilidades y sentirnos superiores pensando que nunca seríamos como ellos? Y, en todo caso, ¿qué había de malo en ayudar por egoísmo?: ¡¡¡*Win-Win*!!!, el necesitado —que por otra parte era un *loser* y se merecía su (mala) suerte— recibía ayuda y nosotros, inapreciables dosis de autoestima.

Mi perorata casi siempre daba en la diana. Y las justas dosis de encanto y libertinaje me permitían, por lo general, ocupar un lugar central en las fiestas. Por poner algún pero, en alguna ocasión, algún amigo me había echado en cara la cantinela del pacto diabólico.

—Tío podrías ser más original, ¡que eso del pacto con el diablo… es más que casposo! Si dijeses algo verosímil sería más divertido y podría dar más juego. No sé, que te tocaron millones en la lotería de Navidad y los gastaste en operaciones estéticas desde la calva a los callos de los pies, y por eso pareces atemporal.

Anticuado, infantil, absurdo, eran otros epítetos. Lo que ninguno de esos necios sabrá nunca es que ese pacto, no solo existía, sino que incluía una cláusula que me obligaba a confesar lo del pacto cada vez que hablaba de ello. Desobedecerla suponía romperlo, lo que hubiese ocasionado mí muerte instantánea y, finalmente, mi ingreso en el reino de las tinieblas de manera permanente.

El diablo que yo conocí se llamaba Carlo y me encontré con él, de manera fortuita, una noche de primavera tras salir bastante bebido de un cabaret, después de asistir a un espectáculo de variedades. Me desvié de mi ruta habitual para descargar el exceso de líquido y al doblar hacia una callejuela sin salida, apareció él, en pleno espectáculo. Estaba de espaldas, enfrascado en sus labores, y no llegó a oírme. La chica estaba frente a él, desnuda y suspendida en el aire. Carlo recitaba unos salmos en voz alta, en un idioma ininteligible —luego sabría que era Arameo—. No debió transcurrir ni un minuto cuando la muchacha se evaporó en el aire, seguida de una llamarada que se extinguió rápidamente. Yo estaba literalmente petrificado.

Se volvió hacia mí y me dijo:

—Había notado tu presencia, pero no pude abortar la transición, mala suerte amigo.

Supongo que fue una mezcla entre el alcohol, el miedo y la desesperación, pero dije lo que tenía en la cabeza, con todo el descaro:

—Y tú qué vendrías a ser Satanás, Lucifer o… no espera, espera, como era aquel que me hacía tanta gracia, ¡Belcebú!

Él titubeó, y luego sonrió…Como suele decirse, mejor caer en gracia que ser gracioso.

—Estás nombrando a mis jefes… de hecho te falta aún el vicepresidente de herejías, Leviatán. Pero no te lo voy a tomar en cuenta porque ya entiendo que eres un advenedizo en estos temas. Mi nombre de civil es Carlo Magno, pero puedes llamarme Carlo.

—¿Entonces?, no tienes un nombre así guay, en latín, de diablo, diablo.

Suspirando: —Vale, mi nombre es Oeillet que seguro no te suena de nada…Piensa que somos como unos 100…

—¡¡¡Cien demonios!!!, dime alguno más que sea chulo…

—A mí me da mucha rabia Asmosdeo porque es el de la lujuria y la lascivia, aunque la verdad es que en tiempos de crisis de espiritualidad, como ahora, pues todos hacemos un poco de todo… Y luego está uno que a vosotros os hace mucha gracia, Mammón, con dos emes, el diablo de la avaricia…

—¡No me digas!, ¿Mammón...? Ja ja ja, ¿y tenéis un capullo o un gilipollas?

—…Este…no te pases de listo, ¿vale?

A partir de ahí empezamos a negociar. Me dijo claramente que con lo que había visto tenía pocas opciones: o me liquidaba o trabajaba para él. Yo tanteé la posibilidad de una amnesia temporal, pero replicó que no le salía a cuenta. Que para qué me iba a hacer el favor. Que él hacia el mal, básicamente.

Pero fue entonces cuando destapé mis habilidades comerciales.

—A ver, a ver, ¿y tú qué prefieres?

—Hombre si te mato y vas al infierno yo no gano nada, más bien gana el jefe, que es adicto a las almas, y le dará un subidón unas horitas… tampoco muchas, que no eres gran cosa —eso lo podía entender, como dice el refrán "el demonio solo tienta a quién está a un paso de Dios", y yo debía estar a unos cuantos kilómetros de él.

En todo caso, a mí me vendría bien ampliar la red de colaboradores y además tú tienes un perfil comercial que podría resultar provechoso.

—Vale, acepto… he quedado vendedor del año en las últimas tres ediciones de la empresa donde trabajo, "Pianos Sonata", como comprenderás no es nada fácil vender pianos…. Pero ¿y yo qué gano?

—Pues que no te mueres.

—A ver, eso tampoco es gran cosa, me moriré igual y seguir vendiendo pianos, y encima trabajando más, para ti…

—Ya veo…, a ver que te gustaría…

—Ummh, bueno pues ser inmortal, con la edad que tengo y… ¡Ah, sí! Y eso de las lenguas de los endemoniados, el don de hablar muchos idiomas…

—Mira, lo de la inmortalidad ni hablar, puedo hacer que no envejezcas demasiado y que la gente te quite años. Y lo de los idiomas, ¿pero para qué quieres tantos idiomas...?, con el inglés vas que chutas…

—Okey… Solo el inglés —«la avaricia rompe el saco», pensé—. ¿Debo firmar algo con sangre?

La patada en los testículos fue portentosa.

—¡Esa firma no la olvidarás!

—¡Ayyyy! Y no podías haber puesto la rúbrica en otro sitio.

—A ver, que soy un ser maléfico y siempre voy a joder… Y aunque esperaba que se difuminara en una humareda, tomó un taxi y se marchó.

Tardé cuarenta y tres minutos en recuperarme y me fui a casa para digerir todo lo sucedido. Pensé que eso del infierno y los demonios estaba francamente sobrevalorado; buscando en Internet me di cuenta de que yo más bien trataba con un diablillo. Oeillet era un diablo menor, especializado en romper el voto de pobreza de los curas, y en pleno siglo XXI, a falta de vocaciones, lo habían reconvertido en chico para todo. Vamos era un currante, un mandado, literalmente un "pobre diablo".

Durante los meses siguientes me fui desanimando. Lo de la juventud a medio plazo aún no podía notarlo y lo del inglés era una estafa. Unos guiris japoneses me preguntaron una dirección y yo contesté pensando que lo haría en inglés y, en efecto, farfullé un conjunto de frases que sonaban inglesas, pero, ni yo entendí lo que decía, ni ellos parecieron tampoco entenderlo por las caras que pusieron y la prisa con que se marcharon.

Por otra parte, tampoco sabía muy bien qué tenía que hacer y ¡el cabrón de Carlito no me explicó cómo se le invocaba! En el saloncito de casa, hice un círculo con tiza y dentro dibujé un pentagrama. En medio puse la cabeza de macho cabrío que finalmente pude conseguir a través del sobrino de la portera, que trabajaba en el matadero; no veas las chorradas que tuve que contarle sobre una fiesta sorpresa y un susto morrocotudo a uno del trabajo. Y claro, a improvisar.

Me puse en pelotas en medio del círculo y empecé a repetir unas frases que había traducido al arameo (según el alfabeto que aparece en Wikipedia, claro). Algo así como, *¡Oh señor de las tinieblas hazte presente!* Una hora seguida. Nada de nada. Me resistía a invocarlo por su nombre propio. Me parecía bastante chorra, pero al final lo hice. *¡Oh Carlo Magno, sicario del mal, hazte presente!* Tampoco nada. Me fui a la cama tremendamente frustrado y afónico.

Dos días después, domingo por la mañana, sentado en un banco, detrás de un periódico, cuando ya me había convencido de que había sido todo un delirio producto del alcohol, apareció Carlo.

—Pssst, muchacho, ¿cómo va eso?

—¡Carlo!, joder tío, ya era hora. ¿Tú que eres?, ¿de invocación retardada?

—¿Cómo dices?

—El viernes noche te invoqué y no apareciste.

—¿Qué hiciste qué el viernes noche?

—Pues lo normal, el círculo, el pentagrama, puse una cabeza de chivo en medio, aún sangrante, y recité en Arameo… Desnudo claro.

El muy cabrón empezó a retorcerse de risa.

—Ja, ja, ja… así que en pelotas…ja, ja ja… Es que veis demasiadas pelis…

Supongo que mi cara era un poema.

—Venga tío no te cabrees, recuerda que por mi naturaleza cualquier mal ajeno es para mí un regalo… Bueno pues no hace falta que me invoques, con las prisas olvidé darte mi mail…Aquí tienes: carlo.oeillet@gmail.com, todo con minúsculas.

—Minúsculas…claro como eres un mierdecilla de diablillo.

—¿Noto cierto sarcasmo insultante en tu comentario? ¡A que te parto ahora mismo con un rayo y te vas de culo al puto infierno!

Cierto escalofrío recorrió mi espina dorsal.

—¡Es que jugáis con la gente...!, te olvidaste de darme instrucciones, y además ¡qué pasa con la eterna juventud y con el inglés!

—A ver la juventud la notarás con el paso de los años, ¿no?, y en cuanto al inglés, ¿has tratado de hablarlo?

—A ver, últimamente lo que me pasa es que sueño que digo cosas en otro idioma que parece inglés, ¡pero no entiendo nada de lo que digo...! Y el otro día unos japoneses creo que me pidieron una dirección, les contesté en ese idioma y se fueron como asustados.

—¿Pero no sabes que los japoneses apenas entienden el inglés? Y, por cierto, dijimos el don de las lenguas, de hablarlo, nada de entenderlo… Tengo nuestra conversación grabada, ¿quieres que te la ponga? Pero si te la pongo deberemos volver a rubricar el acuerdo como ya sabes…

—¡No, no, vale…! ¿Pero de qué sirve que hable en inglés si no se lo que digo?

—Ahí está tu tarea. De vez en cuando recibirás un email mío en la que te enviaré una dirección, una fecha y una hora. Debes dirigirte allí, bien vestido, traje y corbata, y presentarte como *Mr. Sixtritaim*, el conferenciante. Una vez te pongan frente al público, hablas en inglés durante 30 minutos. No te preocupes, verás como ellos sí saben lo que dices… Es más, te aplaudirán a rabiar. Una vez termines, nada de preguntas ni de tomar una copa. Te marchas inmediatamente. ¿Dudas?

—¡Dudas!, joder, ¿hablas en serio...? ¿Y eso de "*sixtritaim*"?

—Tres veces seis… el número del diablo, 666… Mira este es el trato, haz exactamente lo que te he dicho o atente a las consecuencias —Ahí realmente se le puso una cara de verdadero hijo de puta.

Y sin darme tiempo a reaccionar, se fue… Esta vez andando.

Transcurridos tres meses sin noticias de Carlo, recibí el email: "Dia 20 de junio, viernes. Hora: 19h (llegar 20 minutos antes). Lugar: Pub O'Sullivans, calle de la Esperanza, número 18".

Efectivamente todo ocurrió como Carlo había vaticinado. Solo tuve que decir mi nombre al de seguridad de la entrada y rápidamente me pasaron a una salita interior para que esperase. A las 18.55h me venían a buscar y me situaban en una especie de atril frente a un público de unas 50 personas, en su mayoría hombres que ocupaban seis hileras de sillas.

Solo me había preparado el "*Good Evening*" y estaba aterrorizado pensando en lo que iba a ocurrir a continuación, pero por arte de magia las frases iban apareciendo con fluidez, una detrás de otra y yo solo debía modular la velocidad de la dicción. Efectivamente, el auditorio parecía estar poseído oyendo mi perorata y en un momento determinado, cuando dije algo así como "combezens", más de la mitad se pusieron de pie aplaudiendo efusivamente. Dado que yo no entendía nada de lo que decía, podía seguir con mi discurso como un autómata, y mientras estar atento al tiempo, 30 minutos. Lo clavé y bordé con un "zensforyuratension". Ahora era toda la sala la que, puesta en pie, me aplaudía a rabiar. Salía del edificio y aún podía oír sus vítores.

Esa noche bebí a la salud de Carlo y dormí plácidamente soñando que un montón de querubines, con cuernos, por supuesto, me acunaban.

En los siguientes tres años seguí haciendo lo mismo, si bien las conferencias eran cada vez más numerosas y más alejadas de mi residencia. No volví a ver a Carlo en persona, pero me escribía siempre dos o tres mensajes para darme indicaciones en relación a la conferencia y, después de darla, para preguntarme sobre su resultado que, indefectiblemente, siempre era exitoso. También empecé a recibir trasferencias de dinero para los viajes. En el penúltimo mensaje caí de nuevo en la tentación. Me preguntaba cuánto dinero querría recibir para abandonar la venta de pianos y dedicarme a dar solo las conferencias, o mejor dicho la conferencia, porque siempre era la misma.

Era un trabajo fácil y cómodo, y me dejaba mucho tiempo libre, además de ser muy agradecido eso de ir de aplauso en aplauso, así que pedí un poco más del sueldo que ganaba. Carlo lo redondeó al alza.

¡Qué subidón! Era un hombre adinerado, joven, exitoso y que viajaba por todo el país haciendo, al parecer, feliz a la gente.

Todo cambió cuando ocurrió aquello.

Fue en una ciudad costera, Vilafortuny, una tarde calurosa de julio, en el hotel Grand Marina. Como siempre seguí mi rutina y como siempre me aplaudieron a rabiar. Pero cuando salí del edificio, raudo y puntual como acostumbraba, por una puerta trasera de servicio, dos tipos me estaban esperando. Apenas noté su presencia en mi espalda y ya estaba en el suelo recibiendo insultos y patadas. Repetían una y otra vez "*Sohn des Satans... Sohn des Satans*". Aunque no sabía en que idioma hablaban, no costaba mucho entender que se referían al primogénito de Satanás.

En el preciso instante en que iban a rematar la faena, tras extraer dos enormes navajas del cinto de su pantalón, unas cuantas balas cruzaron el aire. El guarda de seguridad se acercaba corriendo, revolver en mano y a tiro limpio. Los matones salieron por piernas y lograron escapar, pienso que ilesos. El guarda me ayudó a levantarme y empezó a hacerme preguntas, creo que en inglés. Pero yo me zafé de sus manos como pude y hui apresuradamente gritando "*I very good, I very good*".

Lo primero que pensé al llegar al hotel fue escribir a Carlo y contarle lo sucedido, pero una especie de corazonada me detuvo y decidí calmarme y darme un tiempo. ¿Qué había hecho que esos hombres estuviesen decididos a matarme? ¿y por qué me llamaban hijo de Satanás?; como podían conocer ellos mi relación diabólica.

Entonces me pareció diáfano, la clave estaba en mis discursos. Algo que entusiasmaba a la mayoría de los que me oían, había irritado a esos dos.

Encontrar a alguien que escribiese mi discurso, repetido hasta la saciedad, y que lo tradujese, resultó fácil. En apenas tres horas había traducido las frases centrales de mi charla:

Inglés	Español
Life does not forgive weakness.	La vida no perdona la debilidad.
The cruellest weapons are humanitarian if they manage to provoke a quick victory.	Las armas más crueles resultan humanitarias si consiguen provocar una rápida victoria.
The great masses will more easily succumb to a great lie than to a small lie.	Las grandes masas sucumbirán más fácilmente a una gran mentira que a una pequeña.

The most beautiful women belong by right to combatants.	Las mujeres más bellas pertenecen por derecho a los combatientes.
The truth doesn't matter. Victory matters.	No importa la verdad. Importa la victoria.
Never compare yourself to others because if you do, you are insulting yourself.	Nunca te compares con los demás porque si lo haces, te estás insultando a ti mismo.
What better luck than to rule men who do not think.	Qué mejor suerte que gobernar a hombres que no piensan.
Surely the first stage of human culture was based less on the use of animals than on the services provided by men of inferior race.	Seguramente la primera etapa de la cultura humana se basó menos en el empleo del animal doméstico que en los servicios prestados por hombres de raza inferior.
If you want to shine like the sun, you must first burn like the sun.	Si quieres brillar como el sol primero debes arder como él.

Ahora podía comprender lo que enardecía a mi auditorio. Cuando pronunciaba "combezens", finalizaba con esta frase: "*The most beautiful women belong by right to combatants*"; es decir "Las mujeres más bellas pertenecen por derecho a los combatientes".

El traductor no pudo evitar hacerme la pregunta: ¿Y usted dice estas cosas en sus conferencias? Ciertamente eran expresiones dignas de Maquiavelo, de Gengis Khan o de Al Capone. Belicistas, sexistas, supremacistas, populistas, en definitiva, repugnantes. Llevaba unas 500 conferencias diciendo esas barbaridades. Eran frases deshumanizantes y contrarias a los mensajes cristianos, pero tampoco veía que su audición pudiese llevar a las muchedumbres a apostatar y a renunciar a su bautismo. Algo no encajaba.

Cuando escribí la tercera expresión en Google, toda la pantalla se llenó de la misma respuesta: Adolf Hitler. Eran las expresiones que más fortuna hicieron entre los acólitos del *Führer und Reichskanzler*, líder y canciller supremo. En ese momento, como un letrero luminoso, recordé que, al final de mis arengas, muchos gritaban vigorosamente ¡PNASÍ, PNASÍ, PNASÍ! En la primera página ya aparecían esas siglas relacionadas con el nombre de Hitler: Partido Nacional-Socialista Internacional; *"el denominado Partido Nacional-Socialista Internacional o PNASÍ, es un movimiento de ultraderecha que tiene sus raíces en el nazismo. Aunque permanece en la clandestinidad, se sabe que reivindica el legado auténtico de Hitler y en especial del que fuera su mano derecha y jefe de las SS, Heinrich Himmler. Las Schutzstaffel o SS, escuadras de protección, pasaron de ser una fuerza paramilitar a constituir un verdadero ejército político y militar dedicado a la limpieza racial. Se sabe que el PNASÍ tiene conexiones en toda Europa y su número de simpatizantes ha crecido en progresión geométrica en los últimos años, aunque no se tienen datos exactos. Su presencia es tolerada en la mayoría de países dado que no se les ha podido implicar hasta el momento en ningún acto violento o terrorista"*.

Al buscar más información sobre Himmler, descubrí que había creado la *Deutsches Ahnenerbe o "Sociedad de Estudios para la Historia Antigua del Espíritu"* una organización esotérica cuya finalidad era destruir el cristianismo e instaurar una nueva religión nazi.

Todo parecía cuadrar, ¿sería mi diablillo, Carlo, el gran sumo sacerdote de esa religión? quizás más que un diablo, ¿no se trataría de un mago o un ilusionista? En ese momento recordé que no recordaba nada del espectáculo de cabaret al que había asistido, antes del encuentro con Carlo. Iba borracho, pero, tampoco recuerdo haber bebido esa noche. Busqué la programación y los lunes, miércoles y viernes actuaba un hipnotizador, el "Dador de Runas". Las runas eran los alfabetos germánicos de la antigüedad y habían servido para simbolizar la esvástica o las letras SS de los nazis.

Y en efecto, ahí estaba él, con turbante de faquir, bigote y barba postizos, maquillaje, túnica y babuchas, pero todo el resto era Carlo. El momento álgido fue cuando invitó a un señor de mediana edad, sentado en la barra, a subir al escenario. Primero lo durmió, después le dijo que era una gallina y el pobre cacareó un buen rato. Seguidamente le dijo que era un cedro milenario y entre cuatro voluntarios apenas lograban levantarle. Finalmente, le dio una orden post-hipnótica; le despertaría, pero en el mismo momento en que tocara cualquier parte de su cuerpo, volvería a caer en trance. Y así fue. Le despidió con una palmadita en la espalda, y el sujeto se quedó inmóvil como un maniquí. Aplausos unánimes.

Yo también me había disfrazado para pasar desapercibido y estaba semioculto detrás de una columna. Cuando finalizó el número salí del local y esperé en la acera de enfrente. El primero en salir fue el cliente gallina-cedro, pero casi inmediatamente salió Carlo pisándole los pasos. Les seguí a distancia. Pasadas tres manzanas y a la altura de un callejón, Carlo le dio alcance, agarrándole del brazo. La víctima quedó petrificada al instante, como en el cabaret. Entonces lo arrastró como pudo hacia el interior del callejón, se situó de espaldas frente a él y de un contenedor extrajo un maniquí de mujer de tamaño natural. No llevaba ropa y lo tomó en brazos. Acto seguido pronunció alguna palabra que no llegué a percibir, pero apostaría lo que fuese a que era una orden para que el sujeto despertase.

Vi parcialmente el resto del montaje, pero en realidad no me hacía falta. Ese sujeto era yo mismo hacía unos tres años. Embaucado como lo fui yo, bajo los efectos de la hipnosis y, probablemente, con la ayuda de algún estupefaciente hábilmente colocado por algún secuaz de Carlo, en la bebida del incauto. Solo actuando así, una vez por semana, el número de siervos para la causa debía ser extraordinario.

Me alejé cuando había vuelto a dormir a su presa y le estaba recitando una y otra vez las famosas frases de Hitler, esas frases que reproduciría en sueños, cada noche, sin tregua. El único cabo que quedaba suelto era el de la eterna juventud, pero en mi familia, todos los hombres hemos aparentado siempre menos edad y luego estaba el poder de la hipnosis. ¿Y si cada vez que decían mi edad, yo en realidad le restaba inconscientemente 10 o 15 años?

Estaba claro que Carlo era un mal bicho, un demonio, pero no de los de cuernos, cola y olor a azufre, sino de los que seducen, manipulan, emponzoñan, en definitiva, engañan al prójimo para beneficiar sus oscuros y siniestros intereses. Había vendido mi alma en vida y por nada.

Era un viernes, 18.45h, y yo no estaba en el lugar esperado. Estaba escondido frente a la entrada del Club siglo XXI en el que precisamente ese día, a las 20h, debía dar mi habitual conferencia. Quien sí estaba entre el público era Carlo. Le había pedido que viniese con la excusa de presentarle a un banquero millonario que quería conocer a nuestro líder y contribuir a la causa. Unos minutos antes había enviado a un mensajero con una carta lacrada dirigida al anfitrión de ese club. En ella podía leerse lo siguiente en inglés: “Camaradas hoy no podré estar con vosotros. He recibido un chivatazo y hay un traidor infiltrado entre nosotros que piensa llamar a la policía para que aparezca en plena conferencia y me detenga. El topo responde al nombre de Carlo y…”. Seguía una detallada descripción de Carlo.

A las 20h empezó a salir gente del club de forma apresurada. Sobre las 20.18h se oyeron diversos disparos. Segundos más tarde, Carlo salía renqueante, con un revolver en la mano y dejando, a cada paso, un reguero de sangre, le habían dado de lleno. Apenas doblar la primera esquina, cayó de bruces al suelo. Me acerqué y respiraba con extrema dificultad.

Con lo que fue su último aliento me dijo, "¡traidor, nos veremos en el infierno!"; siempre he pensado que llegó a oír mi respuesta, "sí, allá nos veremos, ¡pero tú me llevarás mucha delantera diablillo de pacotilla!", le escupí.

—Realmente lo tuyo con las historias es portentoso, ¡de dónde sacarás tanta imaginación!¡y con tanto detalle!

—Bueno, lo que ocurre es que cuando Carlo murió fue lógicamente al infierno y Satanás quiso premiarle, primero por ingenioso y segundo por mal nacido, claro.

—Supongo que esperas que te pregunte por el premio.

—Le permitió pedir un deseo, y pidió volver a la tierra, ahora sí como diablo, pero en el cuerpo de alguien.

—El tuyo, por supuesto.

—¡Exacto!, el muy cabrón se cobró la revancha y me poseyó.

—Y desde que nos conocimos en la residencia estás tratando de corromper mi alma.

—De nuevo Bingo.

—Pero tú sabes que estuve en el seminario, que soy creyente, buena persona y, aunque me divierten tus excentricidades, no me creo una palabra de lo que me cuentas. Lo tienes crudo.

—Bueno, ya sabes lo que dicen...

Y volví a recordar lo de la tentación y lo de estar a un paso de Dios, mientras Carlo acariciaba mi válvula aórtica (bicúspide, para más señas).

5. SOFÁ-CAMA

En el fondo le había llegado a querer... bueno como diría mi amiga Pilarín, muy pero que muy en el fondo... de un pozo. Habíamos pasado buenos momentos; ahora, en los últimos tiempos, la cosa había cambiado. Su mujer estaba mosca y él había extremado las precauciones. Por otra parte, había engordado bastante y le costaba moverse, cambiar de posición. El noventa por ciento de las veces yo me ponía encima, pero a mí siempre me había gustado sentir su peso, su cara pegada a la mía, su cuerpo como parte de mi cuerpo, poseyéndome. Dos en uno. Siempre he sido una romanticona.

Calculo que deben ser alrededor de las 10h, la hora en que llega Eufemia, nuestra *kelly*. Yo sé que sabe que existo. En alguna ocasión dejó alguna prenda olvidada, bien plegadita, en el primer cajón de los archivadores. Charly y yo vamos a desayunar, como muy tarde, a las 9.30h y aunque nunca hablamos de ello, sé que añade a su sueldo una buena propina por su discreción.

Los amantes longevos, como nosotros, creamos una especie de ambiente familiar con el entorno próximo. Conozco a su mujer y a sus hijos, sin conocerlos, como si fueran parientes próximos. De encontrármelos en una reunión, podría mantener una conversación con ellos con total normalidad. En muchas ocasiones he pensado qué ocurriría si muriese Charly. Tendría todo el derecho a asistir al funeral y recibir también el pésame. Por supuesto que no iría. Quizás los miraría desde lejos, como en las pelis americanas. Quizás ella me vería y preguntaría a sus hijos ¿habíais visto alguna vez a esa mujer de negro, tan esbelta y elegante?

A los 18, huérfana y sin estudios, inicié mi carrera de puta, bueno ahora la llamarían "*baby doll*", con bastante éxito. A los tres años de ejercer ya tenía cuatro señores fijos de los que podía vivir dignamente, hasta que Charly me propuso exclusividad. Nunca fui ambiciosa, de hecho, soy más bien vaga y conformista y dedicarme solo a Charly me pareció un buen plan. Un aceptable sueldo mensual, que me permitía tener mi apartamentito de alquiler y mis caprichitos, y un trabajo poco exigente e, incluso, en algún momento, gozoso. ¡Qué más se podía pedir! Además, cambiaba mi status de puta por el de amante de un prestigioso abogado de la capital. ¡Dónde vas a parar!

Por otra parte, Charly siempre fue un clásico. Algún disfraz de niña mala. Alguna actitud procaz. Algún azotito en el culito... en el mío,... y en el suyo. Nada del otro jueves... ¡Y con derechos sindicales! Máximo tres veces por semana y con posibilidad de veto (regla, enfermedad, visita a mi amiga de León).

Eso sí, nuestro nidito era esa triste oficina que alquiló para, dijo, no molestar en casa y terminar sus informes en horas extra o en algún fin de semana o tomando días de vacaciones. Al principio instaló un mueble-cama plegable de mierda, más mueble que cama, con un colchón que parecía papel de fumar y un somier que se me incrustaba en las costillas. Afortunadamente, tras el primer año, cedió y compró ese sofá-cama que, por lo menos, parece una cama.

La rutina, el tener una especie de horario de oficina, pienso que es una de las cosas que explica una relación, digamos que sexual, tan larga... ¡durante estos veintitrés años! En realidad, le agradezco infinitamente que solo en una docena de ocasiones haya querido venir a mi apartamento. Él sabe que, aunque lo paga, es mío, y prefiero mantenerlo a margen. Forma parte de mi otra vida.

Los seis años que me acosté con Serafín fueron realmente complicados. Si a Charly se le hubiese ocurrido venir de improviso, hubiese pasado mucha vergüenza. Aunque puta, siempre he detestado la mentira. Desde el principio le dije a Serafín que tenía un marido y que, aunque estábamos separados, aún nos veíamos, y que era el hombre de mi vida. Serafín siempre supo que lo nuestro era puramente carnal y temporal.

Ni modo, no logro alcanzar el bolso, y tengo el móvil dentro. Aunque lo cierto es que no sé muy bien a quien podría llamar y, sobre todo, qué explicaría.

La única que lo sabe todo es Pilar, mi amiga de León. Nos conocimos en el Orfanato a los… buff, ni lo recuerdo. No tenemos nada en común ni creo que hayamos empatizado nunca demasiado. Pero nosotras fuimos como naufragas en una isla desierta; año tras año, la única voz que escuchaba, el único oído que me oía. Tras ser rescatadas, nos separamos. Pero no hay día que pase que, como allí, antes de ir a dormir, entre las 11 y las 12 de la noche, no nos llamemos por teléfono y compartamos nuestro día. Como un noticiero. Sin preguntas ni comentarios. Siempre primero yo y después ella. Casi a tiempos iguales.

Ella sigue de puta, aunque nadie, ni Charly, lo sabe. Siempre fue más guapa y sexy que yo, pero de veras, menos lista. Es curioso porque a pesar de tener vidas bastante paralelas yo siempre supe que era más inteligente. Me hablaba de sus sueños de actriz en comedias de destape españolas. Sería la Ágata Lys del Siglo XXI. Y yo le decía, pero ¿quién pagará para ver un momento tus tetas en el cine si ahora con Internet pueden ver sexo duro gratis? Pero ella nada.

Al final de puta. Eso sí, puta fina como lo era yo, con pocos clientes escogidos y fiables. No se lo he dicho —como expliqué, no hay comentarios ni opiniones entre nosotras—, pero ahora que cumplirá los cuarenta creo que le queda poco recorrido en ese "bisines" o como se diga.

Es curioso porqué siempre pensé que, al final, un día, me pediría consejo, ayuda. Y yo se la ofrecería con gusto y, sí, con el placer que proporciona el sentirse por encima, superior, sin matices. Ahora posiblemente nunca ocurrirá. Una verdadera lástima.

El aire ya no me llega a los pulmones y empiezo a marearme. Al final todo el mundo sabrá lo nuestro, pero nunca pensé que fuese de esta forma tan patética.

Él me quería y mucho, de eso estoy convencida. Y bueno, después de tantos años yo también le tomé cariño. A ver, que se me entienda, para mí siempre fue un servicio, pero visto en perspectiva tuve suerte con él. Hubiese podido toparme con uno de esos machitos que toman viagra a los treinta y solo piensan en tríos, orgías y hazañas sexuales variadas para pavonearse luego frente a los amigotes. Ja, ja, ja... ahora recuerdo ese regalito que le llevé para su cuarenta cumpleaños, ¿cómo era?, Katia o Cantia... una búlgara de 20, una auténtica monada. La primera parte, nosotras solas, bien. Pero cuando tuvo que cumplir con ella... ¡qué tierno!, ¡no se le levantaba ni a tiros! La despedí con lo estipulado y yo terminé la faena. El muy tontorrón se disculpaba... y yo le repetía, pero cielo, ¡que solo se te levante conmigo es un detalle precioso!

De todos modos, siempre pensé que moriría mucho antes que yo, cumpliendo las leyes naturales, y que me dejaría aún de buen ver y con una pensión vitalicia. ¡Lo que son las cosas!

Hacía tiempo que le advertía sobre la comida... te estás pasando con las grasas...No, no es que no me gustes así, rellenito —en realidad orondo—, pero es por tu salud… ¿Sigues tomando cada día las pastillas…? Siempre me decía que sí y yo siempre terminaba con la misma puya… ¡no me engañes eh!

Cada nuevo movimiento es casi peor y siento que no voy a aguantar mucho más. Mejor no darle demasiadas vueltas. Creo que mi vida ha sido mejor de lo que nadie, ni yo misma, hubiese pensado. Y tampoco puedo achacarle a él toda la culpa.

En realidad, la culpa ha sido mía. Por complacerme se ha puesto encima y, aunque, últimamente me asfixiaba un poco, como se corría deprisa, la cosa era soportable. Pero hoy también me ha entregado su corazón, su vida, …literalmente. Y yo le entregaré la mía…. a regañadientes. Ya no me llega el aire… no voy a poder quitármelo de encima.

6. EL ACCIDENTE

El tronco había caído justo encima de la perpendicular del coche y había hundido el techo, con tan mala fortuna que el tripulante estaba literalmente aprisionado. Se trataba de un accidente fortuito. Al esquivar a un abuelo que pasaba en rojo, el conductor colisionó de lleno con el imponente abeto centenario que da nombre al parque.

Rápidamente los servicios de asistencia se personaron en el lugar de los hechos y, minutos después, los canales de radio y televisión de toda la ciudad, dado el dramatismo de la noticia. También muy pronto una multitud de curiosos se fue agolpando frente al siniestro, y a medida que el suceso se iba divulgando, un buen número de personas que conocían a la víctima, acudieron. Los últimos en llegar fueron algunas asociaciones, sensibles a ese tipo de accidentes, a la espera de que llegasen los políticos de turno para denunciar la falta de suficientes medidas de seguridad y, de paso, hacerse publicidad gratuita.

Cuando con una enorme sierra hidráulica se empezó a cortar la chapa del capó y comenzó a temerse por la integridad física del afectado, la multitud, sobrecogida, guardaba un silencio sepulcral y a más de uno le entraron escalofríos o se le escapó alguna lágrima, como consecuencia de la tensión; la sierra, girando a una velocidad endiablada, pasaba realmente cerca y una mínima desviación podía producir daños irreparables. Más tarde llegó una gran grúa que, con suma precisión y cuidado, levantó milímetro a milímetro el tronco del árbol, procurando que ni una sola rama se descolgase. Al cabo de dos tensas horas, el peligro había pasado sin apenas consecuencias destacables. Ni los más optimistas habrían apostado por una ejecución tan precisa. La operación había sido un éxito absoluto y los congregados aplaudieron a rabiar durante más de quince minutos. Hacía mucho tiempo que no se vivía en la ciudad una respuesta ciudadana tan espontánea, solidaria y multitudinaria.

Por supuesto los políticos, y en especial el ministro del ramo, no desaprovechó la oportunidad de ponerse algunas medallas. La rapidez con la que se había actuado y la habilidad de los operarios había minimizado los daños y la víctima estaba sana y salva y ni siquiera debería ser trasladada a un centro de recuperación.

En efecto, el ministro de plantas y arbustos, muy emocionado, explicaba ante las cámaras como el abeto ya estaba en su sitio y que solo había que lamentar la pérdida de algunas hojas, y una hendidura superficial en el tronco del árbol, además de tres diminutos rasguños. Ante las preguntas de los periodistas y algunas protestas airadas de las asociaciones en defensa de los árboles, el ministro prometió que inmediatamente un equipo de ingenieros técnicos forestales, especializados en abetos, cuidarían de esas incidencias pero que se comprometía personalmente a que, en un mes como máximo, el abeto estuviese tan sano y exuberante como antes, sino mejor. Además, se pondría una protección especial para evitar que otros terroristas, como ese salvaje conductor, pudiesen volver a dañarle.

En los días siguientes el árbol apareció en todas las portadas de los principales medios de comunicaciones nacionales e internacionales. Se abrió una suscripción popular para proponer que se le concediese la máxima distinción de la ciudad, el galardón a la planta del año por la fortaleza y entereza demostradas. Algunos aún iban más lejos, y empezaron una campaña a favor de que el abeto fuese candidato a los premios nobeles del planeta, compitiendo ese año con la famosa lechuga de Sumatra, la más longeva de la historia, el adorado tomate de Valencia con sus ocho kilos de peso, que recibía diariamente a miles de peregrinos a la espera de que les concediese alguno de sus reconocidos milagros, o el heroico cactus de Chihuahua, que hacía pocos meses había herido de muerte a unos desaprensivos que pretendían robarle sus maravillosos higos chumbos. Defensa propia, ¡*off course*!

A pie de página de muchos periódicos, aparecía también un pequeño rótulo sobre el homicida. Carles Sánchez, el criminal conductor que atentó contra la vida del abeto, murió por las heridas que le había producido la sierra. Su madre dijo frente a las cámaras que era lo mejor que le podía haber pasado tras la monstruosidad que había cometido y que se arrepentía de haber dado a luz a un engendro semejante. Pedía perdón al abeto y a todos sus compañeros del parque y rezaba cada noche para que su recuperación fuese absoluta.

7. LA CHINA

Por casualidad llegué a ese bar para hacer tiempo, mientras esperaba a un amigo.

Vino a servirme una camarera china. Desde el principio me trató mal. Malas caras; la llamé varias veces y servía al resto de mesas haciendo ver que no me veía ni oía. Finalmente fui a la barra y le pedí una tapa. Me trajo una enorme ración. Cuando le dije que eso no era una tapa sino una ración, exclamó muy seca: "¡eso es lo que es…!" Cogió con la mano unos cuantos calamares y se los llevó tan fresca, sin abandonar, ni por un momento, su actitud de desprecio.

En otras circunstancias me hubiese ido, pero pensé que igual había sido prejuicioso con ella por el hecho de ser extranjera; quizás no sabía lo que era una ración o había tenido un mal día, a todos nos puede pasar.

Volví al día siguiente, y el maltrato fue a peor. Parecía que tenía algo conmigo. Cuando protesté me dijo: "si no gusta, vete". Pero me había propuesto ser amable con ella, era un desafío. Dos no se pelean si uno no quiere, y estaba convencido de que mis buenos modales, mi amabilidad y mi propina, terminarían por doblegar a la china. Si vienes cada día es imposible no establecer algún tipo de empatía.

Empecé a fijarme si esos malos modos solo los gastaba conmigo; ciertamente nunca era simpática, pero únicamente yo tenía el honor de un trato realmente vejatorio.

Repasé mis comentarios, mi atuendo, mis formas… algún detalle que pudiese explicar ese maltrato focalizado. No encontraba nada que justificase esa conducta. Llegué a pensar que igual había sido altivo, soberbio, ¿racista?, por supuesto sin darme cuenta. Pero me costaba admitir esa idea porque detestaba a quienes se comportaban así.

Al mes, me había convertido en un parroquiano frecuente. Además de la China había otro camarero que parecía nórdico, o quizás polaco. Él nunca me servía. Ciertamente cada uno atendía a una zona distinta, pero si alguna vez había cambiado mi posición, la china venía a servirme a mí, con más mala leche si cabe. Yo era su coto privado de caza.

Decidí pasar a la siguiente fase. Investigar. Salía de mi oficina sobre las seis de la tarde y solía quedarme en el bar hasta las siete y media. Mi primera acción indagadora consistió en esperar si se producía un cambio de turno. ¡Bingo!, a las ocho y media, con las cenas, otra chica de aspecto oriental sustituía a mi china.

No se parecían en nada. Mi despreciable camarera era esbelta, con el pelo largo de negro intenso, carita de muñeca y facciones suaves. Guapa, guapa, como la versión china de la Barbie que vi una vez. Esta era, no sé si el yin o el yang, pero desde luego parecía una antítesis de mi mesonera. Pelo corto, gordita, bajita, y de una simpatía desbordante.

Al ir a pagar, aproveché el momento.

—Disculpa, te pago a ti o a la otra camarera china que me ha atendido.

—Yo no soy China, —en perfecto español— soy filipina, mi nombre es Chaersi.

—¡Oh!, Chaersi, encantado. Perdóname, pero soy muy torpe distinguiendo nacionalidades. ¿Entonces tu compañera es china?

Risa cristalina—: ¡No se preocupe! Es muy habitual, ya sé que todas les parecemos iguales —¡no!, pensé, mi china es preciosa y borde—… Ella sí es china, pero de Malasia. Nació en *Perai*, una ciudad turística que pertenece a *Penang*...

Estaba decidido a tirar de la cuerda—: ¡Caramba!, de todos modos, tú hablas muy bien el español y ella... pues no tanto.

—¡Oh!, gracias. Lo que ocurre es que yo vine a España de muy pequeña y, además, como sabes, Filipinas fue colonia española y el español nos es familiar...—Y encima cortés, pensé... pero a mí me interesa la otra— ¡Vaya!, ¿y tú compañera?

—Bueno no es muy habladora —ya, ya—, pero creo que hace poco que está aquí. La familia parece que la envió para que les mandase dinero, ¡claro, es la cuarta de cinco hermanos! Disculpa, debo atender las mesas...

—¡Ah!, sí, sí, perdona —Un imbécil, con cara de guiri, le estaba haciendo señales, como un molinillo de viento.

—La pronunciación de Chaersi era correcta, pero la semántica: "¡claro, es la cuarta de cinco hermanos!" Pues si es la cuarta, estará claro que lo es... Me reí para mis adentros y mis afueras.

Tan pronto llegué a casa, revisé todo lo que pude sobre *Perai*, *Penang* y Malasia, y en relación a la etnia china de origen malasio. También sobre la gastronomía malaya.

Al día siguiente fui bien preparado a mi cita diaria. Tuve que llamarla varias veces y cuando no pudo ignorarme más, se dignó a venir. "¡Qué!", me dijo, con su usual tono de interlocución conmigo.

Entonces inicié mi estrategia envolvente. Había leído que la mayoría de platos en Malasia llevan arroz y que cuando pides un plato se suele añadir la expresión "lauk", que significa: además del arroz.

—Tráeme por favor una cervecita y... "¡lauk!"

Clavó su mirada negrísima en mis ojos—: Tú sabes no hay...

—Bueno, pensaba que....

—Tú piensa poco… ¡*fucking disabled*!

Su actitud no solo no había cambiado, sino que empezaban a producirse claras señales de crueldad manifiesta hacia mí. Me había llamado algo así como "jodido discapacitado", pero peor que el insulto había sido la entonación con la que lo había pronunciado… Como escupiéndomelo a la cara. Se le había puesto un rostro de odio cerval que realmente asustaba.

Cuando me dio la espalda, con un giro de matador de toros, e inició su paseíllo, altiva como una duquesa, estuve a punto de transformarme en hombre lobo y saltar sobre su yugular. Me contuve.

Pensé en arrojar el dinero sobre la mesa y marcharme para siempre, pero una suerte de orgullo siniestro me retuvo. ¡Qué hostias se había creído esa China!, el cliente era yo y ¿desde cuándo habíamos pasado a "tener siempre la razón", a ser objeto de crueldad y maltrato?

Me levanté y la llamé en voz alta, altiva, ¡eh, ven...! Afortunadamente no había muchos clientes, pero los pocos que había se giraron hacia mi estupefactos, digamos, por mi asertividad.

Por un momento pensé que me enviaría a la mierda, pero no. Pronunció un, casi servil, "enseguida señor", y se plantó frente a mí.

—Me vas a traer un café cortado doble descafeinado, con la leche del tiempo, en taza de cristal, azúcar moreno, y un vaso a parte con dos cubitos, solo dos, de hielo.

—"Marchando señor", y una sonrisa…

Joder, me ha dicho "marchando y señor" y me ha sonreído. ¿Qué estaba pasando?

Pagué el precio exacto, sin propina, esparciendo las monedas por la mesa de forma displicente, sin un gracias ni un adiós. Me despidió con un "muchas gracias, hasta mañana señor, que descanse".

En los siguientes días la hipótesis masoquista fue ganando fuerza. ¿Era eso?, ¿esperaba que me impusiese, que la maltratase, para mostrarse sumisa? ¿Estaba estudiando para *geisha* o formaba parte de su Educación Cultural?

Por fortuna, el viernes de esa misma semana ocurrió algo que me sacudió y removió.

Estaba saboreando el último sorbo de mi Gin-Tonic de Martin Miller cuando alguien se apareció.

—¡Miguel, cuanto tiempo!, ¿estás de paso?, pensaba que ahora vivías en Londres.

—Y allí vivo, pero he venido a resolver algunos asuntos familiares.

—¡Siéntate!, ¿qué tomas?

—Una copa de vino blanco está bien.

Entonces, sin autocensuras ni... dije, lo que dije—: ¡Ei, china! Un vino blanco, de Rueda, ¡para el señor!, y rapidito y fresquito, ¡me oyes!

—¡Claro señor, al momento!

Se la vio azorada, saliendo casi a la carrera y trayendo la copa en un santiamén. La ofreció con ambas manos e inclinando la cabeza, ¿así está bien señor?

Golpeé la mesa sin terciar palabra, y ella dejó la copa exactamente en el punto que había señalado. Gracias, señor, para servirle señor.

Al volver la cara hacia Miguel advertí sus ojos desorbitados, su cara roja y la vena de su cuello especialmente hinchada.

—¡Pero como puedes hablarle así a esa camarera!, no te tenía por un machista y racista de mierda. Y se levantó rojo de ira.

—Miguel, por favor, es que tú no lo entiendes, lo que ocurre...

—Lo que ocurre es que no voy a quedarme ni un segundo más haciendo compañía a un cerdo fascista como tú.

Y se fue sin dejarme volver a abrir la boca.

Estaba tan ofuscado que no había sabido reaccionar y no pude explicarle la situación. Me sentí fatal. Suerte que regresaba a Londres y confiaba en que no tuviese tiempo de esparcir su interpretación de lo ocurrido.

—¿Puedo complacerle con algo más "mi" señor?

—No sé a qué estás jugando…

—¿Jugando señor?, no yo estoy cumpliendo con mi cometido, atenderle lo mejor que sepa y pueda.

Me fui a casa consternado. ¿En qué me estaba convirtiendo en manos de esa bruja? Había pasado a ser insultado y humillado a hacerlo yo; de víctima a verdugo, o mejor, de esclavo libre a dueño inclemente. Recordaba la imagen del experimentador manipulado por la rata. El experimentador creía que había adiestrado a la rata pues cada vez que ésta le daba a una palanca, recibía comida. Sin embargo, la rata pensaba, "he amaestrado al tipo ese, cada vez que toco esa palanca le obligo a darme de comer". ¿Me estaría ella domesticando a conciencia?

Decidí que necesitaba asesoramiento de un experto y se me ocurrió que la forma más buena, bonita y barata era buscar a alguien que quisiera intercambiar idiomas.

Encontré a un coreano que había vivido en Malasia y que respondía al nombre de *Kaleulloseu*, *Kale* para los amigos. Su anuncio: mi mandarín por tu español.

No me anduve con tapujos y le expliqué cuál era mi objetivo. Que el mandarín me importaba más bien poco y que para mí sería un placer ayudarle con su español, pero que en realidad lo que quería era saber más cosas de los, en especial de las, chinas de Malasia.

Le empecé a contar lo poco que sabía de mi china, su origen, conducta esquizoide, que era la cuarta de cinco hermanos. Ahí pareció despertase, abrió los ojos, y me dijo la frase:

—¡Ah, claro!, es cuarta.

—Sí la cuarta, que pasa con la cuarta.

—¿De dónde ella está? Lugar.

—*Perai*, en *Penag*

—¡Ah, claro, *Perai*!

Empezaba a mosquearme con tanta exclamación diáfana, que para mí era impenetrable oscuridad.

—¿Porqué que sea el cuarto hijo y que sea de *Perai* está tan claro?

—Bueno, *Perai* es cerca de *Bukit Minyak*.

—Mmmm, sabes qué ocurre, que no he estado nunca en Malasia y no estoy siguiendo...

—Claro, claro —Creo que notó que se me empequeñecían los ojos y empezaba a poner cara de ¿me estás tomando el pelo?

—Yo explico tú. *Bukit Minyak* está piedra sagrada, con números…

—¿Una piedra en la que aparecen números?

—Sí, números…Ocho es muy bueno, cuatro es muy malo.

—¿El número cuatro es malo?, sí, muy muy… *bad luck* —me dijo en inglés.

—¿Mala suerte?

—Sí, muy, muy

—¿Y por qué?

—Cuatro en mandarín y cantonés es "sí", muerte también es "sí". Ocho es "rico".

—Entiendo. Muerte y cuatro se pronuncian igual. Entonces mi china, por haber nacido la cuarta, es una persona considerada gafe… quiero decir con mala suerte, *bad luck*….

—Sí, sí, así… —pensé si sus "sis" significarían cuatro, o muerte, o ambas dos.

Bueno, ya sabía algo más. Posiblemente la familia la envió a trabajar lejos porque creían que les daría mala suerte. Kale me contó que en muchos edificios chinos la cuarta planta no existe y se pasa directamente a la quinta, o que las matrículas de coche que contienen números cuatro son más baratas porque nadie las quiere. De todos modos, ¿qué tendría eso que ver con su conducta, primero desagradable y después sumisa?

Revisé mi agenda y traté de localizar el día exacto en que por primera vez conocí a mi china. ¡Seguro, fue un 4 de junio! Eso en parte cuadraba, pero ahí había otros clientes, no muchos, tres o ¡cuatro...! ¡Yo fui el cliente número cuatro!

Al día siguiente fui a primera hora al bar, pero sin sentarme. Estuve merodeando y contando. Cuando había servido a los primeros siete clientes me acerqué a ella.

—Hola, ¿cómo estás?

—Bien señor, contenta de verle, ¿qué tomará?

—¿Sabes?, hoy soy tu cliente número ocho —Primero abrió los ojos asombrada, después volvió la cabeza hacia atrás como quien busca un salvavidas. Claramente atemorizada me respondió:

—No sé si le puedo ayudar señor, ¿está usted bien?

—Pero vamos a ver, ¿el ocho no es buena suerte en tu cultura?

—Ya, pero es que en mi familia no somos supersticiosos señor, somos normales.

—Pero, ¿tú no naciste la cuarta en tu familia?

—Bueno eso fue mi hermana gemela, yo nací la quinta, unos segundos después.

—¿Tu hermana gemela?

—Sí, trabajó aquí, pero ella quería ser farmacéutica, tenía

el título. No le gustaba trabajar en un bar y siempre estaba enfadada. Hacía ver que hablaba mal español para ahuyentar a los cretinos, pero lo habla mejor que yo. A mí me encanta trabajar aquí.

Me vi a mí mismo utilizando el "claro, claro". Qué estúpido, me había montado toda una película para nada. Bueno, para nada. La venganza la sirven fría...

—Oye perdona, ¿a qué hora sales de trabajar?
—Gracias señor, lo siento mucho, pero usted no es para nada mi tipo.

8. KOLDO

—Oh Agustín! ¡qué amable!, esta vichyssoise tiene un aspecto delicioso.

—Ya sabes que no me cuesta nada. Cocino para mí solo y siempre me sobra.

—Pues la verdad es que no pensaba cocinar… Muchas gracias.

—A mandar.

Una vez más, tras cerrar la puerta, se repite la misma pregunta que se ha hecho cientos de veces, ¡Por qué no podría haber encontrado a alguien como Agustín, ¡por Dios!

Hace un mes que supo lo de su cáncer terminal y que decidió indagar sobre el paradero de los que fueron sus amantes. Una mezcla de curiosidad y también una oportunidad para despedirse.

Pudo hacerlo de Ignacio, que ahora vivía en Estados Unidos con su mujer Nancy y sus dos churumbeles, Stuart y Christian. Entonces ambos estudiaban periodismo y para ambos fue su bautismo sexual. Ignacio lloraba mientras le recordaba lo enamorado que estaba de ella… ¡Si no hubiese llegado ese embaucador de Koldo, quizás seguiríamos junto!

Con Adrián no pudo hablar. Se había suicidado cinco años antes con una sobredosis de barbitúricos. Demasiado sensible, demasiada buena gente. Cuando Koldo desapareció, se liaron. Pero fue casi como una venganza simbólica. Su mejor amigo, el que le introdujo en la cocaína, se había largado tras robar en una Joyería. Cuando lo dejaron, él continuó dando palos de ciego, teniendo relaciones inestables, saliendo y regresando a sus adicciones. Hacía ya mucho que le había perdido la pista.

Luego llamó a Sonia. Con ella hizo su primer trío, con ella y con Koldo. Hablando se enteró de que ella estaba loca por Koldo, bueno todas lo estábamos, y que esos juegos los practicaron con otras personas, al margen de mí. Tampoco le vino de sorpresa. Koldo era una fuerza de la naturaleza, y aunque sin duda fue el hombre de su vida, siempre supo que con él todo era transitorio, que nunca podría cautivarlo lo suficiente, tenerlo para ella sola.

Al preguntarle si sabía algo de Koldo me explicó que, tras su salida de la cárcel, donde terminó diseño gráfico, desapareció. Muy propio de él, claro. Que solo sabía que había trabajado un tiempo para la revista "*El pupas*", con el seudónimo de Fradiábolo.

¡Fradiábolo!, le encantaba ese personaje de cómic, un bandido napolitano que se vestía de fraile y ayudaba a los desvalidos; un fraile diabólico o un demonio bondadoso.

Llamó a la revista y le pasaron con el jefe de redacción. Le dijo que lo último que sabía de él era que le iba muy bien de guionista para algunos programas de radio, pero que se había cambiado el nombre. Una vez, cargado de copas, le comentó que era lo contrario a un rey midas, que todo lo que tocaba se convertía en mierda. Lo echaba en falta porque era un tipo brillante, creativo, pero demasiado inquieto e inestable. Era una buena caracterización de Koldo, pensó. Cuando le preguntó por si conocía su paradero, ¡bingo!, tenía aún una dirección a la que envió un último cheque con su finiquito.

Llamó al timbre realmente nerviosa... Hola Agustín, o debería decir Koldo.

9. EL LEGADO

Dos amigos casados, editores. Uno sin hijos, hablando de lo que dejarán para la posteridad.

—Pues de mí solo quedarán mis autores, aquellos a los que ayudé a publicar. Muchos de los cuales, además, consideran que me hicieron un favor publicando conmigo. Pacheco, sin ir más lejos, en la entrevista de la contraportada de *La Vanguardia* de este domingo, preguntado por sus inicios en la literatura, dice algo así como: “creo que fui generoso ayudando a algunas pequeñas editoriales a que fuesen algo conocidas”.

—El periodilisto, uno de esos cretinos narcisistas que escribió un libro sobre ¡los secretos que debíamos conoces para ver el mundo como él! —Dios nos proteja de ver ese infecto mundo—, va y le pregunta: ¿entonces es usted un mecenas de la cultura? Y va el otro y contesta lánguidamente… algo así. ¡Vaya cabrón!

—Bueno, yo le llamo “divandizar”. Reciben los primeros comentarios elogiosos de algunos lectores enfermos, aquejados de erotomanía…

—¿Te lo acabas de inventar?

—No, no el palabro existe, personas que fantasean con descubrir a un o una genio y tener una relación romántica con él o ella… Pues eso, esos primeros halagadores compulsivos empiezan a promover ese proceso de “divandización”, es decir de transformar a los autores en divas y divos, y a partir de ahí no hay retorno.

—Ja, ja, me parece bastante acertado. Yo incluso tengo algún divo que ni siquiera vende libros y, sin embargo, está convencido de que será un escritor maldito que se revelará como un genio, años después de su muerte…

—¡Ostras, pues a ver si le ayudas a acelerar ese fatal desenlace!

—Ja, ja, ¡es una gran idea!

Ahora, recordando esa conversación, aparentemente insustancial, se me revuelve el estómago.

Carlos insistió tanto en la intrascendencia de su paso por esta vida que llegamos a un acuerdo; ambos esconderíamos en nuestras respectivas casas alguna cosa, algún objeto secreto que nadie, nadie, ni siquiera nuestras parejas, ni siquiera nosotros, conocíamos del otro.

Curiosamente, cuando lo propusimos, ninguno de los dos objetó nada. Al parecer ambos teníamos un secreto inconfesable e inconfesado que aplicaba. El otro debía encontrar ese objeto a escondidas, sin que nadie se enterase, y después escribir y publicar esa historia en memoria del amigo, desvelando sin tapujos las circunstancias del enigma.

Una historia corta, supuestamente biográfica, una historia póstuma que fácilmente se publicaría y se haría viral en pocos días. Nuestros numerosos contactos entre editores, periodistas y autores así lo garantizaban. Lo haríamos en, máximo, un mes desde la muerte del otro, aprovechando la actualidad de la noticia. Trataríamos de hacerlo en algún momento en que no hubiese otras noticias que pudiesen hacerle sombra a nuestro epitafio.

Así quedamos. De esto va a hacer, según me dice mi archivo de agendas pasadas, cinco años. Yo lo había olvidado por completo hasta ahora. Hasta el suicidio de Carlos y su carta.

En uno de sus párrafos me recordaba, con macabra satisfacción —muy propia de él—, nuestra conversación sobre las divas que pensaban hacerse famosas a título póstumo… “ya lo ves, lo mío aún es menos productivo y rentable, me voy sin ningún legado literario que puedas llevarte a la boca…". Y finalizaba con una última llamada de atención "… y lo que no te perdonaría nunca jamás, y estaré siempre en tus sueños si lo incumples, es que olvidases nuestro trato. Dejé un secreto en algún lugar de mi casa para ti, y no te agobies, pensando en tu incompetencia, ¡no te resultará difícil encontrarlo! ¡Publícalo antes de un mes de mi desaparición! ¡Ponle ganas y morbo!, si no lo haces por ti, enfermizo témpano de hielo que seguro que lloras más por dentro que por fuera, hazlo por mi… Por aquí se te respeta, y se te espera, antes de lo que te piensas… ji, ji, ji".

Ni un ja, ja abierto y expansivo, ni un je, je de tebeo; un ji, ji, ji cursi, inquietante y cínico, *made in* él, genio y figura. Tampoco ni una palabra del motivo de su suicidio, inesperado y duro para todos. Al parecer, relajante para él. Pastillas.

Como tenía que trabajar rápido, a los dos días visité a su viuda, Carol.

—Bueno, en su carta me decía que, además de los autores que me dejaba en, digamos, herencia, revisase sus notas por si había algún pendiente, algunos "flecos" por resolver —mierda, mierda, mierda, lo he dicho… flecos… Carlos se meará en su tumba.

—Tú y Carlos erais uña y carne… por no decir culo y mierda… —qué bonito, pensé… por una vez me quedaré con la mierda— …tú mismo. Yo me voy una temporada a Peñíscola, a casa de mis padres, con la niña, aquí tienes las llaves…

¡Dios! Su casa a mi merced. No habían pasado ni cinco minutos desde que Carol me avisó de que ya estaban en Peñíscola, que yo ya estaba en su casa. Apostado en el café de enfrente, me había faltado tiempo….

Había estado innumerables veces en esa casa, pero la situación era completamente distinta, nueva. Era una especie de intruso conocido. Un delincuente con total impunidad.

¿Por dónde empezar? Al menos se me ocurrían tres opciones: 1. La maravillosa y prestigiada bodeguita de Carlos, debajo de la escalera que daba a una especie de segundo piso subterráneo. Podía beberme el Vega Sicilia "*Collection*" y no creo que nadie se enterase. Carol pasaba mucho de vinos y esnobismos baratos —bueno en este caso, barato no era—. 2. Carol. A sus cuarenta y cinco, Carlos le llevaba veinte, estaba aún de cine. Podía revisar sus cajones y su ropa interior. Pero eso, además de enfermizo, era inútil. Nunca lo escondería allí. No solo por el riesgo de que Carol lo encontrase, sino porque podía imaginar mi actual situación, y que no resistiría la tentación de revolver esos encajes... ¡Pero no, no lo haré!, cabrón manipulador... La 3 eran sus "incunables". Decía que los tenía en el segundo cajón de su despacho, bajo llave.

Recordé su nota: "pensando en tu incompetencia, ¡no te resultará difícil encontrarlo!". Pues eso era lo más fácil. Nunca me había mostrado el interior de ese cajón ni dejado ver esas obras supuestamente escritas cuando nació la imprenta, antes de 1500.

Ya tenía suficiente con encontrar "su secreto" y solo me faltaba tener que buscar la llave de ese cajón. Un martillo, un destornillador plano y algo de mala leche lograron abrirlo sin demasiados preámbulos... En su interior la nota decía, "demasiado fácil, ¿no?, incluso para ti".

Porque solo creía en el más acá, como él, y no podría escucharme, pero ¡coño Carlos¡, no era una yincana, ¿verdad?

La cosa se complicaba y muy bien podía ser que no hubiese escondido nada y se lo hubiese pasado pipa pensando en mi estrés, revolviendo su casa y maldiciéndole. Pero, y si... sí, ¡se lo debía!

Me senté en su sillón orejero y medité. Su carta también decía, "¡ponle ganas y morbo!". Ganas, morbo. Entre Carlos y yo creo que no había secretos, excepto este, claro. Nos encantaba tratar de poner dedos en todas las llagas. Le dije muchas veces que yo habría tenido muchos más hijos con una mujer tan espléndida como la suya y no solo una muestra como él. Él me retaba siempre: ¡oye, adelante!, ¡cómo puedes comprender Carol es de ella misma, y puede hacer lo que le venga en gana!, si consigues seducirla o convencerla, ¡tú mismo...! Bravuconadas. Estaba loco por su mujer y ella lo admiraba. No sabría decir si le era fiel, porque opciones tendría las que quisiese, pero lo que es seguro es que nunca la hubiese puesto en un apuro y desde luego yo era el último candidato sobre la tierra.

La hipótesis del cajón de la ropa interior regresó a mi mente. Había especulado con la idea de que él pensaría que yo pensaría que ese lugar era demasiado obvio, y que no buscaría en él. Pero, decía que me lo iba a poner fácil, y ese era el lugar más fácil en que un viejo verde como yo pensaría, y él lo sabía.

No estaba especialmente ordenado. Algunas bragas se mezclaban con los sostenes y viceversa. Solo había un cajón con lo más exclusivo y lujoso y, obviamente, menos usado. Al abrirlo el olor a goma de sostén nuevo era abrumador. Extraje cuidadosamente el cajón y su contenido. A simple vista, nada anormal. Pero al girarlo, en la parte posterior del cajón, aparecía una estría delgada a lo ancho y un listón muy finito que, en algún punto, parecía superpuesto. Tomé un cuchillo delgado de la cocina e hice palanca sobre el listón, que se desprendió con bastante facilidad. La ranura que escondía debajo, estaba tapada por algo de color blanco. Con el mismo cuchillo, empujando hacia afuera, extraje el sobre.

No permití ninguna pausa ni prolegómeno. Ese era el

objeto con toda seguridad y, hubiese lo que hubiese en su interior, lo publicaría, Eran tres fotografías de una misma persona. Una mujer joven, muy joven, sobre los treinta y pocos. Una cara limpia, preciosa de ojos verdes. Un vestido de noche, de fin de año, en el que había muy, pero que muy poca tela. Y un desnudo integral en una actitud muy provocativa, en realidad pornográfica.

A todas luces sería su amante secreta. Pero realmente entiendo que forzosamente debía ser muy, muy secreta, porque se trataba de su sobrina Agnes. Solo la había visto un par de veces, pero era de una belleza sublime. Terriblemente introvertida. Ahora que lo pienso, o mejor lo veo, quizás no tanto. La primera vez que la vi, estaba junto a Carlos y le comenté, ¡buff, vaya bellezón! Me miró como pocas veces lo había hecho y me dijo, con voz de asesino a sueldo, "tu comentario y tus pensamientos terminan exactamente ahí".

No tuvo que repetirlo, entonces Agnes estaba saliendo de su adolescencia y mi comentario era absolutamente impropio. "Claro, lo siento", balbuceé. Y la borré completamente de mi mente.

Resistí la tentación de joderle *post-mortem*, y beberme el Vega Sicilia a su, como se dirá, ¿"insalud"?, pero me conformé con un reserva de Jack Daniel, ya estrenado.

No podría calcular cuánto tiempo pasó, pero había anochecido y yo me había dormido bajo los efectos del bourbon. Volví a mirar las fotos. ¿Cómo cojones explicaría esa relación, no solo secreta, sino incestuosa?, ¿y qué mente enferma, masoquista, planifica algo así?... ¿Es que deseaba que su recuerdo y el de su familia quedasen enfangados para siempre jamás?, ¿o en realidad quería poner a prueba mis dotes de escritor frustrado y evidenciar que podía contar algo tan turbulento haciendo que pareciese una historia de amor platónico, limpia y romántica?... Desde luego la última foto no ayudaba a llegar a esa conclusión.

Los días —y noches— siguientes, ya en mi casa, los dediqué a escribir esa historia. No tenía ninguna duda de que sería una bomba, en todos los sentidos. Despedazaba un borrador tras otro. En los intermitentes lapsos en que lograba cerrar los ojos, las imágenes de Carol y Agnes, muertas por ingerir un exceso de barbitúricos, tras leer mi ignominiosa crónica, me sobresaltaban. Luego estaban todas y todos nuestros divos y divas… "¡Y yo supuestamente era su mejor amigo… ¡Si llego a ser su enemigo…!"

Tenía que hacerlo cuantos antes, sacarme de encima esa pesadilla y huir al otro extremo del mundo.

Enquistado en escrudiñar los motivos de Carlos para actuar así, había pasado por alto a "Lolita", la obra cumbre de Novokov. Su obra perfecta, su eterno libro de cabecera, su tótem literario. Aunque siempre había sido una obra controvertida, en los últimos tiempos, saturados de moralistas de izquierdas, a menudo peores que los de derechas, había sido públicamente denostada y descalificada por apología del abuso y la paidofilia. Yo no había querido entrar nunca en esa polémica y mantenía cierta equidistancia. Su valor literario era incontestable pero ciertamente el tema resultaba escabroso. Carlos, sin embargo, se transformaba y se convertía en adalid del amor donde, cuando, como y con quién fuese, si existía acuerdo recíproco, y había tenido sendas broncas con algunos de sus divos y divas.

Por supuesto, su sobrina no era una menor —aunque no se desde cuando…—, pero era muy joven, y luego estaba el tema de la consanguineidad, ese era aún un tabú irrefutable.

Al borde de la enajenación, finalmente decidí escribir un relato ambiguo, explicando sin detallar, dejando entrever sin mostrar, exponiendo sin revelar. Resumidamente, era la historia de un hombre libre, amante de la belleza, allá donde estuviere, que al final de sus días había encontrado en su sobrina una Venus perfecta, una diosa que había extasiado a ese hombre de mundo, culto y cercano, a veces exquisito y en otras, lenguaraz, y que probablemente se había dejado llevar por esa atracción irrefrenable.

La última parte que escribí era pura ficción.

Esa atracción, finalmente, resultaría fatal, y aunque no dejó constancia escrita de las razones que le impulsaron a abandonarnos, es muy probable que la lucha entre su inquebrantable amor hacia su esposa y su hija, y esa incontrolable pulsión hacia una entregada belleza, le llevasen a tomar una drástica salida. Ninguno de nosotros puede ni debe juzgar a un hombre así.

Serían las siete de la mañana cuando envié ese archivo a los redactores-jefe de las mejores revistas literarias y culturales del país. Quien primero lo leyese, antes lo publicaría, al menos como un titular en formato digital. Era cuestión de horas, quizás solo de minutos.

Inmediatamente después de pulsar la tecla de "*return*", salí a la carrera hacia la casa de Carol. Hacía una semana que había regresado a la ciudad. Había dejado a la niña allá con los abuelos, necesitaba estar sola.

Entré con la llave que me había dejado. Traté de no hacer ningún ruido. Tras la puerta de su habitación la respiración acompasada indicaba que aún dormía. Debía explicárselo todo y hacerlo cara a cara. Tenía que ser la primera en conocer el contenido de ese texto, por doloroso que fuese para ella y para mí. Para ella supondría una decepción no sé si superable, para mí era un deber sagrado que me perseguiría hasta la tumba. Pero ya estaba hecho y era imposible retroceder.

La dejaría descansar unos pocos minutos más antes de esa estocada. Pensé en que un trago me ayudaría. Durante mi estancia en esa casa había vaciado las existencias de Wiski. El Vega Sicilia apareció en mi cabeza como una epifanía.

No podía existir mejor ocasión ni causa para descorcharlo y beneficiarme de sus efectos etílicos.

La botella seguía donde siempre, cubierta de polvo, como manda la tradición. En el momento de sacarla de su cubículo, me pareció inusualmente ligera. ¡Mierda, estaba vacía! Dentro había una nota de papel doblada. Rompí el cristal contra una de las columnas, tratando de hacer el menor ruido posible, aunque el subterráneo estaba bastante aislado.

Decía: "Amigo, supongo que mucho no te habrá costado encontrarlo. Siento no haber podido compartir su contenido original contigo, en compensación comparto este secreto... aunque igual, según en qué momento lo estés leyendo, la autopsia lo habrá descubierto y, al menos, Carol lo sabrá. La metástasis se había ya extendido por todos los puntos cardinales de mi organismo, y preferí ser yo mismo quien me quitase la vida y no que esa mierda lo decidiese por mí. Puedes, en realidad D-E-B-E-S, explicarlo. Un acto de libertad y amor propio ya sabes... bla, bla, bla... Lo harás muy bien".

La cabeza me daba vueltas. ¿Era ese el secreto que me había escondido? ¿entonces las fotos eran un secreto que no esperaba que encontrase? En ese momento oí ruido en el piso de arriba. Si Carol veía la puerta del subterráneo abierta se asustaría. Subí las escaleras sigilosamente y me dirigí hacia los ruidos de la cocina.

Antes de entrar hablé para no espantarla o al menos atenuar el efecto... "Carol soy yo, no te asustes... es que he entrado con las llaves que me prestaste... Carol es que te tenía que contar..." y al abrir la puerta quedé descolocado. Frente a mi estaba la sobrina Agnes, como la Venus de Botticelli, completamente desnuda y pasmada... como yo.

Sin tiempo a reaccionar, oímos la voz de Carol que venía hacia nosotros; "Amor, ¿estás bien?, vuelve a la cama no quiero que te enfri...". Al entrar, el "es" de "enfríes" quedó suspendido en el aire, congelado en el tiempo.

10. ¿GUIJUELO?

Los cuatro esperaban el ascensor en el rellano, sin hablarse, sin apenas mirarse. Aproximadamente a la altura del octavo piso Gerardo no pudo más.

—Bueno no hemos visto nada, no ha pasado nada, Carla morirá como vivió, con sus convicciones intactas, y así lo transmitiremos a los compañeros.

—Ya, intactas….

—¡Fina, Fina!, lo que ocurre en un lecho de muerte ahí se queda. Es normal que las personas, en sus últimos momentos, pierdan un poco la cabeza, vuelvan a ser niños y tengan recuerdos de su infancia, deseos de la niñez…

—Entonces, ¿consideramos que lo que quiere un niño de forma espontánea, natural e inocente, suele resultar perjudicial, corrupto y degenerado?

—Pues sí, —terció Raquel—, los niños solo hacen lo que ven y se les dice y no tienen el criterio y razonamiento de un adulto que puede elegir.

—¡Me estás diciendo que Carla, a sus 89 tacos, no es una adulta o no tiene criterio...! Yo desde luego no la he visto para nada demenciada o algo similar. De hecho, me ha parecido más lúcida que nunca.

—A veces, en los estertores de la muerte, existen momentos de fingida lucidez, pero más bien es impostada, artificial.

—Veamos, intervino Joaquín, ella era perfectamente consciente de lo que estaba haciendo y por eso trató de ocultarlo. De hecho, cuando se despidió, diría que estaba convencida de que lo había logrado y de que ninguno nos habíamos dado cuenta.

—Pues ahí lo tienes... ¿cómo no íbamos a darnos cuenta...? Si hubiese estado en sus cabales hubiese sido absolutamente consciente de que nosotros detectamos el olor a jamón a un kilómetro de distancia.

—Y no era cualquier jamón… Ese era del bueno, de ese serrano… serrano… como se llama, ¿de Guijeldo…?

—No, no, tú dices el de Guijuelo, pero el mejor es el de Jabugo.

—Bufff, yo cuando la he besado en la mejilla, casi me he mareado con el tufo que desprendía, ¡por Dios!

—Lo peor ha sido cuando ha aparecido esa puntita en su boca, ese color inconfundible, esa laminilla casi transparente cuando está bien cortadito…

—¡Y con su pedacito de grasa blanca y todo!

—¡Vale ya! ¡Parece que os estéis deleitando!

—Pues mira, os diré una cosa…

El ascensor aterrizó en el hall y dos personas esperaban para subirse… interrumpieron la conversación. Al salir del portal, Gerardo volvió al ataque.

—¿Qué nos ibas a decir Fina?

—No, nada, nada…

—Mira Fina, nuestra asociación tiene 15 años de existencia, tantos como el tiempo que nos conocemos tu y yo cuando la fundamos junto con Carla… Di lo que tengas que decir.

—Pues que creo que debemos respetar la última voluntad de Carla y Santas Pascuas… es su vida… o mejor dicho su muerte, y si desea comer jamón hasta reventar, que lo haga.

—Cojonudo, la presidenta por más de 11 años de la asociación vegana de Andalucía, una de las pioneras en España en la defensa de los animales, en su lecho de muerte, ve la luz, se convierte al canibalismo y decide atiborrarse de jamón del bueno. Seguro que los carniceros de todo el mundo lo comprenderán y lo disculparán, y nuestros socios seguirán abonando sus cuotas y renovarán sus votos.

—A ver Gerardo, también podemos verlo de otro modo, nuestros socios pueden considerarlo una prueba fehaciente de que siempre debemos estar alerta, hasta el último suspiro, aun cuando hayan pasado muchos años el deseo persiste y cualquiera, incluso nuestra estimada y firme presidenta, puede caer en la tentación.

Mientras tanto Carla le había pedido a su hermana que le trajese también un poco de lomo del bueno y cuatro tostaditas con ajo, tomate y aceite de ese, verde y espeso, de primera prensada.

El placer no solo se había extendido del estómago a su cerebro, ahora se había trasladado a su entrepierna, produciéndole un efecto que hacía muchísimos años que no sentía… Cuando se quedó sola, apenas tuvo que presionar con su dedo índice. Recordó con una sonrisa que en la última conversación que le oyó a su nieta con su amiga Rosarito, la que había roto con el novio, ésta le decía "¡pues tía, hazte un dedo como todas!"

11. EL BULULÚ

Mi padre era un bululú; así era como la gente llamaba a esos pobres comediantes que viajaban por pueblos de mala muerte, imitando la voz de distintos personajes en breves *squetchs*... el cura, el mariquita, la peluquera, el guardia civil, la puta, el alcalde, el tonto del pueblo.

Desde los 8 años, cuando mi madre nos abandonó por el faquir Alí-El-Said, en realidad Facundo Viñales de Moratalaz, diez años más joven que ella y, según fui entendiendo con el tiempo, más contratado y mejor pagado que mi padre, me convertí en el ayudante de mi padre.

Conforme fui creciendo, mis responsabilidades fueron en aumento. A veces yo también actuaba, aunque al ser un niño, mis personajes eran limitados y él no me dejaba disfrazar de señora o de abuelo.

A los 26, cuando el cáncer de mi padre ya no le permitía casi ni andar, yo lo ponía en escena, detrás de una mesa camilla redonda, con un mantel hasta el suelo, para disimular, y él interpretaba sus personajes sentado en su silla de ruedas, mientras yo hacía de apuntador apostado debajo de esa misma mesa. Con el tiempo, lo que eran breves vacilaciones y olvidos de fragmentos del texto, se convirtieron en largos y embarazosos silencios, con inmensas lagunas y confusión de personajes. Pasé de ser su apuntador, a convertirme en una especie de ventrílocuo que hacía las voces de todos los personajes mientras él movía la boca de manera cada vez más inconsecuente. La coreografía era bastante grotesca, pero, quizás por eso mismo, aguantó un tiempo. Cuando empezó a ladear la cabeza y a salivar de forma ostentosa, esparciendo las babas por los raíles de las ruedas de su silla, formando estalactitas acuosas de un gusto dudoso, decidí sustituirle definitivamente.

Lo cierto es que se me daba bien y clavaba los personajes de mi padre, pero el espectáculo era realmente casposo y solo apto para personas de la tercera edad, con las facultades mentales y económicas muy menguadas. Esperé a que muriese mi padre para abandonar tan ruinosa carrera.

El único pariente con el que teníamos aún contacto, el tío Ceferino, me consiguió un puesto de chico de los recados en una empresa de seguros de Archidona, sucursal marginal y marginada de la sede central en Madrid.

Pronto caí en la cuenta mis aprendizajes de titiritero no habían sido en vano. Las habilidades adquiridas y, supongo, algo de la genética paterna, me habían convertido en un extraordinario imitador. Con oír una voz un par de veces, podía copiar su timbre, los giros y expresiones habituales, un leve ceceo, una ligera tartamudez, algo de carraspera, errores en el vocabulario o la pronunciación... y hacerlo con distintos registros y entonaciones: rabioso, contento, enfadado, dormido, borracho. En mi tiempo libre practicaba a todas horas, escuchando cualquier voz en Internet, grabando mi imitación y analizando casi fonema a fonema las similitudes y diferencias.

Empecé a probar mis dotes en la propia oficina. Al principio se trataba simplemente de crear cierto caos. Imitar la voz de un proveedor enfadado o llamar a un cliente con la voz del jefe, prometiéndole una rebaja sustancial de la prima que pagaba. Luego ya probé con asuntos más, digamos, espinosos. Peter, el chico gay de la cafetería, llamó a Andrés, nuestro contable sobre el que había apuestas respecto a si había o no salido del armario. Por supuesto, primero fui Peter y después Andrés.

—Peter —yo— ¿Hola, eres Andrés?…

—Soy Peter, el que te prepara cada mañana tu "desgraciado", café descafeinado, leche desnatada y sacarina…

—¡Eh...! ¡Ah claro Peter!, ¿cómo estás…?

—Bueno bien, por favor no me respondas ahora… me ha costado mucho hacer esta llamada. Estoy perdidita por tus huesos, no sé si sientes lo mismo… Bueno cuelgo…

Apenas transcurridos cinco minutos, es Andrés el que llama, es decir, de nuevo yo.

—Cafetería "La leche", dígame.

—Hola Peter, soy Andrés… No tienes por qué estar nerviosa, yo también te adoro. Mañana, cuando vaya al lavabo, podrías aparecer…

Al final resultó que Andrés fue al lavabo, tras varias ardientes miradas y Peter, nervioso y huidizo, se quedó en la barra. Cuando regresó, con la cola entre las piernas —expresión poco metafórica en este caso—, su cara era un poema. Hasta, Luisa, la recepcionista le preguntó si se encontraba bien. Al salir de la cafetería, Andrés regresó con la excusa de haberse dejado algo y nos pidió que no le esperásemos. Por los siguientes acontecimientos deduzco que la discusión trascendió el plano privado. De hecho, desde ese día, el grupo de desayunos se escindió, y Andrés y dos de sus colegas de la oficina no volvieron a acercarse a "La leche".

Este rotundo éxito me animó a traspasar la frontera de lo legal. El timbre de voz de Angelines, la mujer del director, era especialmente desafiante. Una voz grave y rasposa, casi masculina, a lo Bonnie Tyler.

Sabía que estaban en proceso de comprar una casa y Angelines (yo) llamó a su marido. Resulta que los de la nueva casa les pedían una paga y señal de cinco mil euros en metálico y debía entregarse esa misma mañana, sino tenían otro comprador que esperaba su oportunidad. El director le dijo que podía ir al banco a sacar el dinero, pero que luego tenía una reunión importante —yo lo sabía— y no se lo podría entregar en persona. Se lo dejaría en un sobre a la recepcionista.

Pero Angelines —yo— le dijo que no quería que nadie supiese que le daba dinero en metálico y en un sobre, que los de la oficina eran muy cotillas y que prefería que se lo dejase en algún otro sitio. Entonces mi dire dijo algo maravilloso:

—¿Quieres que te lo deje en nuestro lugar secreto, como otras veces...?

—Ay, estoy muy nerviosa, qué lugar… ha habido varios…

—¿Varios?, ¡mujer debajo de esa máquina de escribir vieja, que era de mi padre y que me traje de adorno a la oficina… la que está en la entrada y tiene ese cajoncito debajo!

—¡Claro, que tonta!, perdona, es que ando muy estresada con este tema... Vale, en un par de horas pasaré a buscarlo.

Cinco mil euracos limpios de polvo y paja, y al parecer en B, sin riesgos, sin rastros.

No sé cómo acabó la historia, pero sí escuché que el matrimonio había tenido una pelea descomunal y que estaban al borde del divorcio.

Aprovechando ese mal ambiente, cometí algunos errores sin "querer, queriendo", y finalmente me despidieron de la oficina, con una compensación económica más que aceptable. Tenía un plan y ya nadie podía pararme.

Pensé que "SPV, Su Propia Voz", era un buen título para mi empresa unipersonal. Una operadora que recibía, filtraba y me reenviaba las llamadas, por supuesto yo mismo, era suficiente. Al poco de anunciarme en Internet, tuve mis primeros clientes, la mayoría eran asuntos relativos a los cuernos.

Por ejemplo, Darío. Había descubierto un teléfono desconocido en el móvil de Anabel, su esposa, y quería saber de quien se trataba, sin delatarse. Le pedí algunas grabaciones con la voz de Anabel y tres mil euros por adelantado. A los pocos días Anabel —yo— llamó desde un teléfono público a ese número.

Darío respiró en parte. No, no era ningún amante, Anabel mantenía el contacto con Perla, la exmujer de Darío; con ella tenía una buena relación desde sus años de instituto y la habían mantenido de forma discreta, a pesar de la separación.

Darío se resistió un poco a pagar los dos mil euros restantes y trató de regatear. Bastó que le insinuase la posibilidad de una llamada a Anabel, con su propia voz —la suya, imitando a Anabel—, para que dejase de rechistar.

Era un negocio redondo. Al poco tiempo ni siquiera me anunciaba, el "boca a oreja" funcionaba de maravilla. Sin embargo, y aunque me había aficionado a los cinco mil por servicio, —desde lo de mi exjefe era un número que me daba suerte—, tuve que rebajar la tarifa en el tema de las coartadas.

El adúltero se iba con su amante y decía haber estado con otra persona y cuando me llamaban, yo respondía solícito que en efecto había pasado esa tarde, noche, fin de semana, conmigo. Podía ser un compañero del trabajo, una prima o un amigo de la infancia. A quinientos euros la coartada.

Percibía que ese entrenamiento con tantas voces distintas no había hecho más que perfeccionar mi técnica. Hubiese podido volver a los escenarios e imitar a cualquier persona que me hablase solo unos segundos, en riguroso directo, pero no solo era el dinero lo que empezaba a motivarme. Estaba convencido que podría influir en el destino de la humanidad. Me imaginaba llamando al presidente ruso de turno, con la voz del presidente yanqui de turno, amenazándole de muerte: "Si no retiras inmediatamente tus tropas de Ucrania, te envío un ramillete de misiles".

Todos esos sueños mesiánicos se fueron al garete por un cliente gilipollas. Efrén, un colombiano que se había hecho millonario con el contrabando de serpientes exóticas y se había casado con una barbi 20 años más joven. Me llamó para confirmar si su pequeña de diecisiete años estaba tomando farlopa. Grabó la voz de un par de amigos de la niña, sospechosos de actuar de camellos y me resultó sencillísimo hacerme pasar por ellos.

—Chenita, ¿estás bien?, ¿necesitas algo?

—Qué si necesito algo cabrón ¿Cuándo me pasarás más material que estoy totalmente *down*...? Sé que te debo la del otro día, pero puedo pagarte de otra manera… "¡tú ya sabes mi amol!"

Según él, la Barbi le había puesto entre la espada y la pared.

—"Hijoeputa, ¿utilizaste a un detective?, ahora puede ir a las revistas esas de mierda y publicarlo.

—No, joder, no es un detective, solo imita a gente y ni siquiera nos hemos visto.

—¿Me estás diciendo que un desconocido sabe que nuestra hija es una drogata...? Dame el contacto ahora mismo o te juro que te dejo para siempre.

Y el muy calzonazos, se lo creyó y le dio mi número. La Barbi llamó a la policía y me tendieron una trampa. Supuestamente era un empresario de automóviles y me pedía que imitara a un inversor para que varios importantes empresarios del sector, vendieran sus participaciones a su empresa. Me daba, ¡850.000 euros por adelantado!, pero tenía que ser en mano.

De cuatro patas. Ahí descubrí que probablemente era el mejor imitador del mundo y el estafador más *naif* de la tierra.

El comisario lo tuvo claro desde el principio, o trabajaba para ellos por el salario mínimo, o nueve años en chirona. Yo también lo tuve claro, trabajaría para ellos y, al menos, haría el bien.

De nuevo mi estupidez, creo que genética, me la jugaba. ¿El bien? Me pusieron en una brigada que todos llamaban, por lo bajini, el "condón patriótico". Básicamente debía imitar a distintos políticos para sonsacar información que los partidos de la oposición, claramente fachas, utilizaban para acorralar al Gobierno de izquierdas que estaba en el poder. En una ocasión incluso tuve que hacerme pasar por la reina. Lo cierto es que estaban admirados y encantados con mis habilidades y me aumentaron el sueldo, sino de ministro, de subsecretario. Pero yo estaba hastiado de un trabajo rutinario y encima en beneficio de fascistas y racistas a los que no soportaba. Si mi padre me hubiese visto trabajando para estos, él que se declaraba medio gitano y a mucha honra, me hubiera echado una maldición ídem,..., ¡gitana!

A todo esto, apareció otro enredo. Siempre había sido muy discreto en mis relaciones con las mujeres. En los últimos años prefería ir a *meublés*, eso sí de categoría, donde dar rienda suelta a mis necesidades y fantasías, sin mayores complicaciones. Pero antes, cuando aún vivía mi padre, había utilizado mis dotes imitadoras para encandilar a más de una y de dos señoritas. Una de las primeras fue Francisca, con la que retocé casi un año. No volví a saber de ella hasta que me llamó hace unas semanas. Me dijo que nunca había querido molestarme pero que ahora, Antoñito, el hijo que según ella le dejé de regalo, quería estudiar ingeniería geológica y que eso costaba una pasta y que un poco de ayuda, pues eso, ayudaría.

Me cogió realmente en mal momento porque yo andaba muy escarmentado, así que le dije que se había equivocado de primo, que ahora trabajaba en la policía y que si volvía a llamarme para extorsionarme lo iba a pasar realmente mal. No volví a saber de ella.

En cualquier caso, esa llamada me hizo reflexionar. Igual

Francisca realmente no había querido aprovecharse de mí; quizás solamente necesitaba un favor y ese Antonio, sangre de mi sangre, era un buen chico, buen estudiante, que solo deseaba conocer a su padre y recibir sus consejos y su apoyo. Después de todo quería hacer una carrera importante, una ingeniería, solo apta para estudiosos.

De algún modo debía deshacerme de esos policías mafiosos y recuperar mi vida.

Mi día de suerte empezó tres semanas después. Un joven, bien parecido, me asaltó a la salida de comisaría.

—¿Es usted policía?

—¿Qué quiere?

—Quiero saber si es usted un buen policía.

—Cuente lo que tenga que contar o desaparezca de mi vista.

—El comisario Ramírez —¡mi jefe!— mató a mi novia y a mí me dio por muerto. Pero yo sobreviví y quiero denunciar a ese asesino hijo de puta.

—¡Pero aquí estamos a la vista de todo el mundo...! Tengo el coche en la esquina, venga conmigo.

Allí me contó toda la historia. Ramírez era un viejo verde reconocido. En comisaría todos lo sabíamos. La novia de Toni era una de esas universitarias que de vez en cuando recibía alguna ayuda financiera de algún papi aposentado, a cambio de un polvo. Toni lo consentía si era solo en situaciones de extrema necesidad y con la condición de que no repitiese con ningún hombre.

Ramírez quiso repetir y repitió muchas veces. Les tenía amenazados con encerrarlos a ambos con cualquier calumnia, si no cumplían. Pero Toni dijo que un día, haría unos tres meses, se plantaron y se enfrentaron a Ramírez. Tenían fotos de él follando y una grabación donde Ramírez les gritaba que, si no seguían sus deseos, los mataría, convertiría sus cadáveres en ceniza y nadie les encontraría jamás.

Ramírez enloqueció y descargó la munición de su pistola sobre el cuerpo de la chica. Toni solo recuerda que le golpeó con la culata y perdió el sentido. Cuando despertó estaba en una furgoneta, atado de pies y manos. A bastantes metros vio a Ramírez echando maderas a un agujero, cavado en la tierra, que estaba en llamas. Estaba quemando el cuerpo de su novia y, sin duda, el siguiente iba a ser él.

No sabe de dónde sacó fuerzas para deshacerse de las cuerdas de los pies y salir huyendo. Una amiga enfermera a la que mintió, le acogió en su casa y le administró algunos medicamentos que le permitieron sobrevivir. Entonces pensó que su única posibilidad era entrar en comisaría y gritar a los cuatro vientos que Ramírez había asesinado a su novia y que tenía pruebas de ello, escondidas claro. Pero se encontró en la entrada conmigo y, supongo que, por la tensión, acabó confesándomelo todo.

Lo primero que hice fue pedirle a Toni que me mostrase esa grabación. Tenía una copia en su móvil. No había ninguna duda, era la voz de Ramírez amenazándoles de muerte.

—Toni, has tenido mucha suerte encontrándome a mí. Tengo unas cuantas deudas que cobrarle a Ramírez y voy a ayudarte.

—No, no, ¡lo mejor es entrar y descubrirle frente a todo el mundo!

—No sabes lo que dices. Ramírez tiene a la mayoría de gente chantajeada. Le deben muchos favores y además le tienen miedo. Si entraras de ese modo lo más probable es que te disparase al instante y luego explicase cualquier patraña para justificar tu muerte.

Toni quedó completamente descolocado, y yo proseguí:

—Necesitamos un plan, pero hoy no podremos actuar.

—¿Cómo? ¡Yo no puedo esperar, y además no te conozco y puedes avisar a Ramírez!

—Te diré lo que haremos, no vamos a separarnos. Ven a mi casa y allí pensamos en ese plan... No creo que debamos ir a la tuya.

Desde comisaría hasta mi casa mi cerebro iba a mil por hora. Cómo podíamos atrapar a ese hijo de puta sin dejarle ninguna escapatoria... y de paso librarme de él y volver a ser libre.

Al llegar al parking ya tenía un plan.

—¿Toni, te importaría ir a comprar algo para cenar? En la esquina tienes un super. Y sobre todo cerveza. Es el número 59, tercero primera. Te espero arriba

—aún no había doblado la esquina y ya estaba llamando.

—Ramírez, soy yo. Estoy aquí con Toni. Me lo ha contado todo. Estás acorralado. Pero te puedo ayudar...

—¿Qué quieres?

—Puedo deshacerme de Toni, pero a cambio debes darme el finiquito, con mi expediente policial, impoluto y un informe sobre los excelentes servicios prestados a la policía. Además, quiero un pasaje de ida abierto, a cualquier parte del mundo. Y, por supuesto, un sobre con 500.000 euros de tu bolsillo. Todo esto debes entregárselo en persona a alguien que te estará esperando en el punto de encuentro del aeropuerto, salidas internacionales, a las 11 de la mañana. Si se produce cualquier anomalía, falta algún documento, llegas tarde, o vienes acompañado, la grabación con tus amenazas llegará rápidamente al superintendente de policía, con un informe detallado y una pista que les permitirá fácilmente hallar el cuerpo sin vida de Toni. Y por supuesto pediré protección como testigo. Si actúas correctamente nunca te molestaré, pero la grabación seguirá a buen recaudo por si llegase a tener algún "accidente" allá donde esté.

Un seco, “de acuerdo” cerró la comunicación.

Habían pasado ya cuarenta minutos y Toni no había regresado con la comida. Diez minutos más tarde llamaron a la puerta.

—Toni, joder, ¿has ido a comprar a Malasia? Y por lo que veo el portal estaba abierto…

El resto aún no he logrado procesarlo. Una avalancha de policías de asalto cayó sobre mí, y en pocos minutos me habían inmovilizado, leído los derechos y subido a un coche patrulla.

Esposado, esperando en comisaría a que me abriesen la correspondiente ficha, estaba aún anonadado. ¿Qué había ocurrido? ¿Dónde estaba Toni? ¿Esa detención era obra de Ramírez? ¿No le importaba que alguien escuchase la grabación en la que se le oía claramente amenazar a la pareja? El policía de guardia se dirigió hacia mí:

—Tienes una llamada de tu abogado.

¿Abogado?, no tenía ningún abogado.

—¿Sí?

—Hola, soy tu mismo.

Era realmente mí misma voz.

—¿Quién eres?

—Gracias por tu legado, creo que soy casi tan bueno como tú. Desgraciadamente la cagaste a fondo con mi madre. La carrera de Ingeniería te hubiese salido más a cuenta.

—¿Toni? O debo decir Antoñito…

12. PERRA DUEÑA

Nos conocimos a través de los perros. Cada día íbamos al mismo parque, y también nuestros perros, que se entendían a las mil maravillas. Al principio era agradable, hablábamos del tiempo, de la compra, de ese o aquel restaurante, de cualquier banalidad. Sin embargo, un mal día, ella empezó a explicarme sus historias familiares, que si el horrible marido de su hermana, que si la tía Hortensia, que si... Además, repetía algunas de las historias, sin apenas parafraseo, con las mismas palabras, la misma entonación e idénticos giros dramáticos, que me iban poniendo de los nervios.

Poco a poco, mi relación con la dueña del otro perro se fue deteriorando, no así la de nuestros perros que crecía y crecía. Por desgracia, no tenía alternativa, ese parque quedaba frente a mi casa y el siguiente más próximo estaba a cuarenta minutos de distancia.

Finalmente, empecé a plantearme cómo deshacerme de esa inaguantable relación y a fantasear con la idea de terminar con su asqueroso perro. Era un perro vigoroso y juguetón, pero basto, estúpido y ordinario, como su dueña. Eso que dicen. Nada que ver con mi grácil, fina y esbelta Karel, que no sabía qué había visto en ese paleto —o quizás si lo sabía—. Muerto el perro se acabaría la bruja. Idee todo un plan para envenenarlo. No me costó demasiado… tonto de narices, se comió de un golpe de mandíbula el primer bistec envenenado que encontró entre los arbustos a los que iba a mear cada día, tan pronto llegaba.

Pensé que me había librado del perro, pero sobre todo de su perra dueña. Sin embargo, volvía al parque diariamente y se sentaba junto a mí, llorando y recordando a su maldito perro envenenado por algún criminal sin entrañas.

Lo peor de todo es que Karel sospechaba algo. Me miraba de reojo, rehuía mis caricias, desconfiaba claramente de mí. Gradualmente se fue acercando a la dueña de su enamorado difunto. Poco a poco mi perra parecía su perra. Al despedirnos cada vez me costaba más arrancarla de su lado y tenía que llevarla a casa casi a rastras. Una situación humillante que me desesperaba.

Un buen día, al llegar al parque, mi perra se escapó. Pasaron meses, un año, sin saber nada de mi perra desaparecida, pero mi cabeza no dejaba de barruntar que era la bruja quien la tenía. Volví al parque en alguna ocasión, pero ni rastro de ambas perras.

Empecé a investigar dónde viviría la muy cabrona. Finalmente localicé su casa y organicé un plan de observación para cubrir las distintas combinaciones de días y horas semanales. De forma rutinaria salía cada día a las 8.15h de su casa y regresaba a las 19.30h.

El sábado, a las 9.45h, salió a la calle, con un perro… pero no era mi Karel, ¡era su asqueroso perro...!, ¡¡¡pero si estaba muerto!!! No pude contenerme, y la asalté tomándola de un brazo e increpándola… ¡devuélveme a mi perra, devuélveme a Karel! Yo estaba fuera de mí y a pesar de los ladridos del perro y de alguna leve dentellada que me propinó, la zarandeé con energía y, con un violento empujón la lancé contra el suelo. Su cabeza rebotó como un muelle. El golpe fue seco y definitivo. Me detuvieron y me enviaron a comisaría.

En la cárcel vuelvo a repasar el juicio donde se explicó como Karel, en efecto, se había ido a vivir con esa bruja. Estaba preñada de ese asqueroso perro envenenado y murió en el parto; tuvo dos cachorros hembras y uno macho, un hijo de puta clavado a su padre.

13. CERSEI

—Que manía con llamarme Cersei… Me gusta mi nombre, Caroline.

—Eres igual de atractiva y malvada que ella, la de juego de tronos… no te enfades, pero Caroline es cursi.

—No lo soy… ni cursi ni tan, tan, malvada… solo algo perversa.

—¿Te has dado cuenta de que nunca me mandas alguna foto sexy cuando soy yo quien, siempre implícitamente, te la pido?

—¿Implícitamente?, ¡*What the fuck*!… espera que lo busco…

…hace tiempo que no puedo admirar tu sedosa piel morena...

—¿Eso sería para ti, "implícitamente"?

—A ver la piel de tu cara y tus manos también son "sedosa piel morena"

—¡¡¡Ya...!!!! Yo te envío fotos sexys solo cuando me siento sexy y me apetece que las veas…

—Vaaaale, pero debes entenderlo, a menudo tengo mono de ti, ¡¡¡me gustas tanto!!!

—Ja, ja, no te pongas tierno… puedo visualizar tus ojos de "cordero degollado"… yo ya sé lo que te gusta TANTO… Pero te diré un secreto, a mí me gusta, por lo menos, tanto como a ti… tontito…

—Bueno, te tengo que dejar que voy a cenar….

—¡Pero me escribirás para darme las buenas noches!

—Of COURSE...! a las 23.45h, como siempre, ¿Estarás ya en camita?, ¿con tu piel sedosita?

—Ay, ay, ay… Ya veremos

A las 22h me entra un *whatsapp*… ES DE CAROLINE, ¡¡¡la auténtica! No sé qué hacer. Llevo más de siete meses sin hablar con ella.

Tras cortar conmigo a la francesa, la estuve llamando por tierra, mar y aire y nunca me respondió. Aún hoy, no me queda del todo claro que ocurrió para esa espantada tan fulminante.

El último día que pasé con ella pensé que habíamos tenido el mejor encuentro de todos. Conectábamos en todos los sentidos, y especialmente en el sexual. Llevábamos unos meses viéndonos y la gráfica, al menos para mí, no había dejado de crecer. Guapa, inteligente, poderosa. La atracción física era brutal pero también las complicidades psicológicas… Y de un día para otro, a la mierda.

Con un lánguido *whatsapp* de voz, me dijo que quería que no nos viésemos durante un tiempo, sin mayores explicaciones. A partir de ahí reconozco que la asalté con múltiples correos.

Primero la cagué bastante poniéndome chulito. “Estarás de broma, ¿no?, ¿cómo vas a aguantar sin estar conmigo más de una semana...?” Silencio.

En una segunda fase, empecé a negociar. “Caroline, hablemos. Sea lo que sea que haya pasado, podemos conversarlo en persona y seguro que lo arreglamos. Preciosa, no puedo estar sin ti”… Silencio.

La tercera fase ya fue auto-flagelante. “Si he hecho algo que te haya molestado, te pido disculpas de entrada. No soy consciente de ello pero te ruego que me perdones, o al menos que me permitas explicarme”… Silencio.

La cuarta inició el temible sendero de los reproches; primero con una sub-fase contemporizadora y empática, empleando el NOSOTROS: "¿No crees que nos merecemos una segunda oportunidad?, ¿dónde encontraremos a alguien tan fantástico como nosotros con quien compartir y disfrutar tantas cosas…?" Silencio.

La siguiente sub-fase de reproches, ya fue claramente desagradable; allí el YO imperaba sobre todo lo demás: "creo que olvidas lo que hice por ti cuando… Me dijiste que estaba en el *top five* de tus amantes... Siempre he sido muy generoso contigo…, parece que ya no recuerdas tus promesas, incluso escribiste en un papel que nunca… y siempre…" Silencio.

En este punto yo estaba realmente cabreado. De hecho, ella me había explicado que esa forma de extinción, es decir de silencio absolutamente sonoro, la había practicado en anteriores relaciones, con mucho éxito. Que a mí me tratase igual que a esos ligues, hería aún más mi orgullo de intelectual y amante "*unique*" como dirían los ingleses. Vamos de machito, hablando en plata.

Tenía numerosas fotos nuestras con las que me había deleitado reviviendo nuestros encuentros. No es que fuesen explícitas, es que eran directamente pornográficas. En todo caso, ella también podía tener alguna de las que le envié yo en los momentos de mayor necesidad —léase calentura—. Aunque se resistía verbalmente a que la fotografiase, yo sabía que no le importaba. Eran momentos tan álgidos, tan intensos, que no podía entender que se hubiesen eclipsado tan rápidamente.

Desgraciadamente había borrado los mensajes de texto. Recuerdo que repetidamente me decía que me adoraba y yo insistía en que prefería que me amase. Una discusión pseudo-filológica en la que yo defendía que "adorar" solo se aplicaba a los dioses y ya se sabe que la fe en lo inexistente es realmente voluble. No así un amarse humano, corpóreo y tangible. Al final tenía yo razón y ella pasó de la adoración a la repulsión, sin solución de continuidad.

La última fase fue ya patética, la del "deme algo": "Solo quiero que hablemos, podemos ser amigos o si lo prefieres solo conocidos que mantienen una buena relación. Pero acabar así, sin palabras, sin nada…". Realmente estaba dispuesto a rebajarme en todo para mantenerla de alguna forma en mi vida o mantenerme de algún modo yo en la suya. No quería perder esa mirada oscura y profunda, esa inteligencia mordaz, ese cuerpo tan bien hecho, esas charlas y confidencias audaces. Y de nuevo… Silencio.

Viéndolo ahora en perspectiva, debí convertirme en una especie de acosador digital. ¡Yo que detestaba, con todas mis terminaciones nerviosas, a la gente que actuaba de ese modo!; reconocerlo ahora es realmente duro. Estaba profundamente convencido de que me trataba muy injustamente, sin darme siquiera la oportunidad de vernos, de explicarme. Pero igual todos los acosadores piensan algo parecido.

A todo esto, Caroline me llamaba por tercera vez a intervalos de quince minutos. Obviamente, no se había equivocado de número. Pensé en cuáles serían sus intenciones, … (a) que necesitaba urgentemente que le hiciese un favor; (b) que se iba a casar, que olvidásemos lo ocurrido, y que le gustaría que fuésemos amigos, o (c) la más remota, que se arrepentía de haber cortado conmigo y quería volver…

Pensé en cómo podrían ser los términos de esa última posibilidad:

—Hola, como estás…

—Tirando, ¿y tú?

—Yo he pensado mucho en ti es los últimos días. Creo que no lo hice bien cortando de esa manera tan tajante.

—Sí fue tajante, si…

—Me gustaría poder repararlo de alguna manera.

—Qué has pensado…

—¿Por qué no nos vemos y charlamos...? Como antes. ¡Lo pasábamos muy bien discutiendo y cotilleando!

—Y no solo hablando…

—Claro ji, ji… también éramos muy buenos… sin hablar.

Creo que había llegado a soñar con esa conversación, sin embargo, como en los procesos de duelo, estaba ya en la etapa de aceptación de la ruptura. Había creado a mi Cersei y había logrado convertirla en otra persona; formaba parte de mis yos, pero al mismo tiempo era alguien distinto, con una identidad propia. Incluso nos habíamos peleado en alguna ocasión, pero eran peleas de enamorados y las reconciliaciones eran muy electrizantes y excitantes.

Había inventado un cuerpo y una cara para ella —la de mi *pornstar* favorita— y otro tipo de inteligencia, de valores, de actitudes, que a veces lograban sacarme de quicio y otras me embobaban sinceramente. Definitivamente prefería a mi Cersei.

Esa misma noche, antes de conectar con Cersei, bloqueé a Caroline.

14. GUARDA

—¿El Sr. Rodolf Weber?

—Rodolfo, llevo muchos años viviendo aquí, dígame.

—Soy el hijo de Jorge Vilaseca, quería comunicarle que mi padre murió ayer.

—¡Jorgito!, no me digas… Pero si no hará ni un mes que jugamos una partida en el Ateneo. ¡Nunca le ganaba!

—Pues ya lo ve, no habrá revancha —al momento me arrepentí de haber dicho eso.

—¡Era un gran ajedrecista!

—Gracias, el entierro será mañana a las 12, en el tanatorio *de les Corts*, en Barcelona.

Tras la repentina muerte de mi padre —fallo cardíaco—, mis hermanos (yo era el mayor), me habían encargado llamar a todos los nombres de su libreta, para comunicar el fallecimiento. A sus 92 años pocos amigos vivos le quedaban, y yo o los conocía o había oído hablar de ellos alguna vez. Decidí empezar por los tres que me eran completamente desconocidos.

Yo le quería, y eso que existían millones de motivos para no querer a un padre nacido y criado durante el franquismo. Su autoritarismo era indiscutible e indiscutido; ser padre era ser el caudillo en casa. Pero al final de su vida se mostró vulnerable y hasta tierno. Nunca olvidaré la primera vez que, estando yo ya casado, al despedirse de nuestra conversación telefónica, me dijo: ¡adiós cariño! —¿Cariño?, ¿a mí?, su primogénito y hombre… Desde ese momento se volvió más afable, más humano.

—¿El Sr. Bermejo? —silencio.

—Pregunto por Karlos Bermejo… —silencio— ¿Está usted ahí?

—¿Quién le llama?

—Soy el hijo de Jorge Vilaseca… —sollozos—… ¿Está usted bien?

—Por favor, ¿puede volver a llamar en quince minutos?, tengo la comida en el horno…

—Sí, por supuesto…

¿La comida en el horno? La o le había oído sollozar claramente. Tenía una voz andrógina, no podía saber si era un hombre o una mujer, en todo caso era relativamente joven, no más de 40 años. No podía ser el Sr. Bermejo. ¿Pero por qué había empezado a llorar? Ni siquiera le había dado la noticia. Igual la o le cogí en un mal momento.

—Oye mamá, ¿te suena el nombre de Karlos Bermejo?

—Sí, sí, era ese señor vasco que venía a Barcelona bastante para no sé qué negocios con tu padre… Creo que era de eso de los sellos, de la colección de sellos de tu padre…

—¿Pero tú lo conocías...?

—No, no, nunca le vi…

A los veinticinco minutos volví a llamar.

—Hola, soy el de antes. ¿Está ahora el Sr. Bermejo en casa?

—No, no está.

—¿Es usted un familiar, ¿a qué hora regresará?

—…Siento lo de su padre.

—¡Ah!, ¿Ya lo sabe?

Un silencio largo; tenso e intenso.

—¿Oiga?

—Lo siento es que no puedo atenderle ahora, ¿puede llamarme más tarde?

—Bueno, es que yo sol…

Había colgado. Busqué en internet el nombre de Karlos Bermejo. Encontré a unos cuantos, pero ni eran vascos, ni tenían ninguna relación con los sellos y además ninguno pasaba de los cincuenta.

El día siguiente eran los funerales, apenas había dormido. Recién levantado y a punto de mi pipí matutino, recibí una llamada de un número de móvil desconocido.

—Buenos días, disculpe que le entretenga en este momento, soy Bermejo.

—Pero usted es la misma persona con la que hablé ayer ¿no?

—Sí lo soy. Ayer me cogió en un mal momento. Quisiera hablar con usted urgentemente, debo explicarle algo. ¿Tendrá unos minutos tras el funeral de hoy?

—¿Pero debe ser hoy mismo…?

—Sí, es importante. No se preocupe, cuando esté solo y tranquilo, yo me acercaré a usted.

—De acue…

De nuevo me colgó a media frase.

Fue mi primer funeral en propia piel. Es decir, había asistido a otros claro, pero era la primera vez que actuaba como organizador. Siempre me ha parecido curioso observar que los tópicos de siempre, no por repetidos, dejan de funcionar; le acompaño en el sentimiento, una pérdida irreparable, ahora descansará en paz. Abrazo, apretones de manos, en muchos casos de personas desconocidas. En esas circunstancias, todo pasa muy deprisa y todo consuela.

—Siento de veras su pérdida —Una pequeña descarga eléctrica me recorrió el espinazo al abrazarnos—. Soy Karlos, Karlos Bermejo. Luego le busco para conversar.

Mi madre, a pesar del estado de beatitud y relajación producido por los sedantes, me hizo señas. Al unísono se acercaron mis hermanos. ¿Quién es?

—Es Karlos Bermejo, o eso afirma.

—¿...Karlos...?, imposible, debe ser su hijo. Aunque papá nunca me dijo que estuviese casado o tuviese hijos.

—Pero, ¿es nórdico? —preguntó mi hermana (alto, esbelto, muy, muy rubio, casi albino, de tez transparente, cara de niño y ademanes exquisitos).

—No, es vasco, o eso nos dijeron.

A las 20.30h, todo el mundo se había ido y me había olvidado de Bermejo. Pero al abrir la puerta del coche, noté claramente su presencia a mis espaldas.

—Buenas noches y permítame reiterarle mis disculpas por molestarle después de un día tan triste y fatigoso para usted.

—No se preocupe, me dijo que era importante y, sinceramente estoy bastante intrigado. Sé que su padre y el mío eran muy amigos y se encontraron muchas veces durante su vida...

—No, mi padre no, yo era muy amigo de él.

—No entiendo muy bien lo que me dice. Usted es joven.

—Bueno, en realidad soy mayor que usted.

Mi cara debió ser realmente expresiva porque rápidamente me agarró de los hombros, temiendo que huyese.

—Por favor, le ruego que me escuche, le aseguro que no estoy loco.

Realmente que un loco asegure que no lo es, tampoco tranquiliza, pero si antes sentí una descarga cuando me abrazó, ahora sus manos me serenaban.

—Dígame lo que tenga que decirme.

—Quizás lo mejor sea que le explique cómo conocí a su padre y cuál ha sido nuestra relación hasta que nos ha dejado.

Y ahí empezó su relato, el más extraordinario que oí y que oiré en mi vida, un relato que me marcó para siempre.

Hará cosa de cuarenta años yo vivía en Bilbao y era una especie de, creo que se llama gigoló o playboy. Mi aspecto físico atraía a hombres y mujeres, y yo me dejaba querer.

Cometí todo tipo de excesos, pensé que experimentar sería bueno para mi trabajo, el problema fue que, sin darme cuenta, mi trabajo empezaba a resentirse. Creía que podía con todo y una noche me retaron a un cóctel de pastillas. Un tal Xenus se vanagloriaba de ser el pastillero más resistente de Bilbao y mis fans me empujaron a aceptar el reto. Cuando entró en coma y se lo llevaron en ambulancia, yo aún seguí mezclando estimulantes con sedantes y todo tipo de alcohol. Por mi naturaleza, todo eso me afectaba poco, pero por alguna razón, que todavía hoy desconozco, a la mañana siguiente estaba algo confundido.

Cruzaba por el puente de Miraflores, cuando un hombre que iba a unos metros de mí, sin previo aviso, se lanzó al agua. Tardé en reaccionar, pero finalmente yo también salté para salvarlo. A todo eso, tu padre también había presenciado la escena, y también saltó.

El agua empezó a enrojecer. El primer hombre se había golpeado con el pilar del puente y su cabeza estaba destrozada. A pesar de todo yo lo llevaba hacia la orilla, pero la fuerte corriente me arrastraba poco a poco. Sin darme cuenta —no había percibido la presencia de tu padre—, alguien me agarró con mucha fuerza por la espalda y mi presa se escabulló y se fue con la corriente

—¡Déjelo, déjelo¡, —gritaba su padre—, ¡ya está muerto!…

Me volví con furia dispuesto a golpearlo, pero no pude hacerlo. En ese momento estaba muy confuso. Al llegar a la orilla empecé a recobrar la memoria y a desesperarme.

—¡Dios, Dios¡ —gritaba mientras golpeaba sin piedad mi rostro contra el suelo.

Su padre trataba de detenerme sin conseguirlo.

—¡Pero qué hace!, —me increpaba—, ¡usted ha hecho lo que ha podido...!, ¡con un muerto es suficiente!

Me agarraba con todas sus fuerzas y me arrancó la camisa, y como yo estaba fuera de control, vio parte de mis alas.

—¿Cómo dice?

—...Que vio mis alas... No se alarme por favor, yo soy o fui un ángel.

—¡Ya es suficiente, déjeme en paz! —Le aparté de un empujón y me introduje en el coche. Se puso enfrente.

—¡Deme la oportunidad de explicarme!

Entonces di marcha atrás. Estaba a punto de salir disparado cuando Karlos, o como se llamase, se puso a correr en dirección al edificio del tanatorio y empezó a escalar su pared, a través de una tubería lateral. En apenas unos minutos se había encaramado al tejado, a unos veinte metros del suelo y sin pensárselo dos veces se lanzó al vacío. No tuve tiempo ni de apartar la mirada. Saltó con los brazos a la espalda, y como un misil, impactó de lleno con la cabeza contra el suelo. Se levantó casi de inmediato y, sin ningún rasguño, se dirigió hacia mí.

Yo estaba anonadado, temblando como un muñeco con las pilas gastadas.

—Espero que ahora me crea. Ya no soy el ángel que era, debo recuperar mi dignidad y mis alas, pero sigo siendo inmortal.

Se sentó a mi lado y prosiguió, mientras yo trataba de recuperar mis constantes vitales.

—El problema, como quizás ya haya empezado a comprender, es que yo era el ángel de la guarda de Ramón, el desdichado tipo que se suicidó, y contra toda lógica, su padre fue, digamos, mi ángel de la guarda. Supuestamente me salvó, aunque en realidad me hundió en el fango porque con su acción evitó que yo pudiese hacer alguna cosa más por mi "cliente", el que me fue asignado…. En todo caso allí empezó nuestra relación y amistad.

Calló. Posiblemente pasaron horas, no lo sé muy bien. Estaba junto a mí, hierático, esperando. Tras recuperarme mínimamente y empezar a procesar la información, pude hablar.

—No sé qué es usted, un robot, un demonio o un ángel, como dice, pero está claro que no somos de la misma especie.

—No se crea, mi desgracia es que siempre he tenido un inhabitual interés por todo lo humano, y eso me ha causado muchos problemas.

—Hábleme de mi padre.

—De acuerdo, supongo que necesita más pruebas. Entre las cosas que usted sabe, aunque era un hombre serio y cabal, tenía algunos prontos quijotescos. Cuidaba de las personas, en especial de los débiles. Era incapaz de estar sentado en un transporte público si había alguien mayor, menor o con alguna dificultad. Siempre vigilante, era el primero en avisar si alguien se olvidaba un objeto, o tenía el bolso abierto, o se distraía por la calle y podía tropezar. Siempre daba limosna y siempre se prestaba a cargar las bolsas de la compra de los vecinos. Él también era "de la guarda", como yo, pero sin alas.

—Es cierto, a mi madre la sacaba de quicio. Siempre le echaba en cara que se preocupase más por los extraños que por los de casa. Y eso era falso, porque era muy sufridor y se preocupaba por todo y por todos.

—Me explicó que usted a menudo le decía "Papá, robarías una cartera solo para poder devolverla".

—¡Vaya!, ¡sí!, no sé cómo sabe eso. Ha dicho que me contaba algunas cosas que yo ya sabía de mi padre,… ¿y las que no sabía?

—Esperaba esa pregunta. Aquello que su padre no quería que supiese, yo no se lo voy a contar.

—Me parece razonable… Bueno, ¿y entonces? Como se produjo esa relación de tantos años.

—Cuando mi cliente murió, y su padre —Dibujó unas comillas en el aire— "me salvó", me enjuiciaron y me abrieron, para que lo entienda, una especie de expediente.

—Le enjuic…

—Antes de que insista, solo le contaré lo que puedo contarle, ni más ni menos.

—En el juicio, algunos me trataron directamente de "ángel caído". Otros más piadosos y modernos entendían mi deseo de "humanizarme" como medio para comprender y atender mejor a los mortales. Como no se ponían de acuerdo y mi inmortalidad y mis alas pendían de un hilo, propuse una suerte de penitencia. Sería el ángel de la guarda de su padre, mi salvador, y después de toda su descendencia. Solo mantendría un privilegio, la inmortalidad, algo indispensable para el trabajo. Para el resto de cosas sería humano. Por ejemplo, envejecería. Antes de eso, yo no tenía edad; han pasado cuarenta y dos años.

—Así que también llegará a viejo… Mi padre siempre dec…

—¡El infierno es envejecer!

—Sí, decía eso…Y si era su ángel como es que solo le veía de vez en cuando.

—No es cierto, siempre viví aquí, trabajaba con él, aunque en una cierta clandestinidad. Inventamos lo del Sr. Bermejo por si alguien nos veía juntos, era una tapadera.

—Pero al final su cliente también ha muerto.

—Le salvé de algunos pequeños accidentes. El peor fue una vez que cayó por las escaleras.

—¡Cierto! Vivían en ese ático sin ascensor, 126 escalones contados, y una vez tropezó y se hizo un enorme chichón.

—Pues esa cabeza estuvo a punto de incrustarse en un hierro roto del pasamanos de la escalera…

—Vaya… ¿Y su ataque al corazón?, ¿eso no pudo evitarlo?

—Cuando notó que su madre había entrado en un proceso de demencia irreversible, me pidió que no interviniese más, pasase lo que pasase.

—¿Cuándo le llamé ya lo sabía todo?

—Por supuesto. Y siento los sollozos, le tomé mucho cariño a su padre. Como le he explicado tengo demasiada humanidad.

—En resumen, ahora es mi ángel de la guarda y el de mis hermanos.

—En efecto. Y en tanto en cuanto haga bien mi trabajo quizás, en un futuro, recupere mis alas y mi reputación.

—Karlos, o como se llame, es usted buena gente.

—Estaba pensando, este coche tiene un seguro a todo riesgo que pagaba mi padre. Le costaba una fortuna, siempre he pensado que abusaban de él…

—De acuerdo, pero solo por esta vez, ¡eh!

Se salió de la siguiente curva a 170 km hora y cayeron por un precipicio de sesenta metros.

Salieron ilesos del coche. Explicaron a todo el mundo que habían saltado antes.

15. LA MALDICIÓN

Eran amantes, vivían juntos y estaban locamente enamorados el uno del otro. Eran unos profesionales *free-lance* brillantes, realmente simpáticos, extremadamente guapos, tremendamente cultos, ampliamente ricos, infrecuentemente sinceros, notoriamente educados e insultantemente elegantes. Mantenían una relación voluntariamente abierta, porque eran generosos y honestos con el otro, porque deseaban que el otro fuese feliz sobre todas las cosas. Pero nunca encontraron a otra persona que pudiese, no solo sustituir, ni siquiera compararse con el otro.

En alguna ocasión habían realizado un trio, pero más como un favor a un buen amigo o amiga que, locamente enamorado/a, se lo había pedido con insistencia. El invitado siempre terminaba deprimido porque la sensación de ser un intruso en una relación tan potente, era devastadora, y solía retirarse a las primeras de (inter)cambio.

Desgraciadamente, a causa de su ceguera emocional, pensaban que su felicidad era contagiosa y que los demás veían el mundo de un color tirando a rosa, como les ocurría a ellos. Nada más lejos de la realidad. Su relación era un espejo en el que se reflejaban la maldad, la fealdad, la codicia, la mediocridad de los demás, y la envidia, que nunca fue sana, les rodeaba por tierra, mar y aire.

Un día, ella tuvo un herpes en el cuello y ahí empezó todo. Los comentarios de los demás, propios y extraños, aunque revestidos de preocupación, eran lacerantes y crueles. Su mejor amiga llegó a decirle que eso dejaría una marca indeleble en su piel; que ese cutis fascinante nunca volvería a ser el mismo.

A los pocos días él tuvo un accidente con la moto y la parte derecha de su rostro quedó seriamente dañada. Los compañeros del trabajo, a los que invitaba a menudo a copas, a los que había sustituido ante cualquier problema, a los que había prestado dinero en más de una ocasión, ahora lo machacaban sin piedad. ¡Qué lástima que el apuesto Brad Pitt de la oficina fuese ahora el "fantasma de la ópera"!

Ellos siguieron tan enamorados, tan compenetrados, sin papeles, no querían estropearlo con un matrimonio. Luego vino el extraño virus de él y, poco más tarde, la caída por las escaleras de ella; pero lo peor fue el atraco y la violación de ambos, por un grupo de desaprensivos, en su propio apartamento, donde los humillaron y golpearon con inquina.

A pesar de todo, cada nuevo obstáculo no hacía más que unirlos. Era una maldición, las siete plagas de Egipto se cernía sobre ellos, los dioses parecían vengarse y, sin embargo, ni la fiebre, las contorsiones o las agresiones, habían logrado reducir un ápice su amor y cada vez que se entregaban el uno al otro, el cielo se abría para ellos y el mundo dejaba de existir.

Una noche, cuando él bajaba la basura, le pareció muy extraño que Ernesto, el del 3to/b, y Luisa, la del 2do/b, fuesen juntos a alguna parte; ellos que ni se hablaban desde lo de los geranios. Les siguió y comprobó que entraban en un local, a tres manzanas de su edificio, que hacía tiempo que estaba en venta. Cuando empezaba a volver sobre sus pasos, divisó a otra pareja que también se introducía en el mismo local. Eran Fernando del 4to/a y Asunción, su vecina de enfrente. No recordaba haber recibido ninguna citación que convocase a una reunión de vecinos. Decidió observar, agazapado, un rato más.

En efecto, todos sus vecinos desfilaban de uno en uno o en parejas, de forma sigilosa y silenciosa, mirando a un lado y al otro, antes de entrar. Pero, ¡inaudito!, al poco rato también entraban algunos comerciantes del barrio, algún compañero de su oficina y ¡mis amigos Marta y Pedro...! Y esas de ahí eran ¡mi prima Gilda y el tío Jacinto!

No entendía absolutamente nada. ¿Qué hacían todos esos juntos?, ¿estarían organizando una fiesta clandestina para el cuarenta aniversario de ella? Pero si aún faltaban tres años… y además, alguien debería decirles que si había algo que ella no soportaba, eran las fiestas sorpresa.

La puerta de entrada había quedado solo ajustada y no pudo resistirse a entrar, quedándose en una antesala en la que podía escuchar lo que tramaban, sin ser visto.

—Qué queréis que os diga, yo no puedo evitar tener remordimientos. Soy católico y por más pecadores que sean lo que hacemos no está bien.

—¡Yo no soy religioso, pero tengo principios morales como el que más y sí está bien! Personas como ellos no deberían existir porque emponzoñan a las sociedades… ¿Qué pasó con Narciso que fue castigado o con Dorian Grey?

—Pero esos son personajes ficticios, además Grey cometía pecados y…

—¿Es que la lujuria no es un pecado? ¿Es que encerrarse en la propia relación y aprovecharse de que uno lo tiene todo, está bien?

—No sé, ellos podrían tener un piso más grande, estar en un barrio mejor, tener un cochazo, y sin embargo prefieren vivir modestamente… Y a mí me dejaron dinero cuando lo necesité…

—Pero, ¿qué te pasa? ¿Te han seducido con sus encantos...? ¡Cómo te has dejado engañar! ¿No sabes que el diablo siempre se viste de seda?

—No hablemos de diablos ni de dioses, hablemos de la soberbia, de la prepotencia... tan guapos, tan comprensivos, tan perfectos... ¡son unos supremacistas!

—Basta de discusiones estériles, es tarde y cuanto más prolonguemos la reunión, más riesgo corremos. Yo voto por seguir como hasta ahora. Vosotros, lo del 4to, tratar de sabotear su calefacción, empieza a hacer frío. Marta, Pedro, ellos confían en vosotros. Pasad al plan B. Tratad de seducirlos por separado, tomadles fotografías comprometidas y envenenadles con calumnias y celos. Y tú Jacinto, eres su tío. Invítales a cenar en tu casa con cualquier excusa y envenénalos. ¡Pero no te pases eh¡... no olvidéis que nuestra intención no es matarlos, se trata de devolverlos a la buena senda, que vean que su relación es perversa, antisocial, enfermiza. ¡Qué sus modales, su fingida bondad, pretenciosa felicidad no os engañen! Asunción, tú que tanto dudas, ¿ya has olvidado que te dijeron hace poco tus hijos? Mamá, ¿por qué los vecinos del quinto no tienen hijos y tú me tienes a mí? ¿Yo no podría ser hijo suyo?

Esas palabras fueron un detonante, y casi al unísono levantaron todos sus manos, ¡sí, sí hemos de seguir hasta vencer!, ¡ni un paso atrás!

Estaba consternado, atónito. A duras penas, dando trompicones, salió del local y corrió a su casa enloquecido. Al llegar al rellano de su puerta, decidió tomar aire y calmarse. Se lo iba a contar, por supuesto, pero debía tomarse un tiempo, introducir los detalles de manera gradual, evitar los sobresaltos. Y sobre todo debía tener un plan que poder ofrecerle, un buen plan.

Al cabo de unas semanas decidieron separase y él buscó otro apartamento; él entró en una fuerte depresión y ella perdió su trabajo. A todo esto, los amigos volvieron a llamarles, escribirles, apoyarles. La asociación clandestina se extinguió. Su misión había concluido.

Tras unos meses, él decidió cambiar de país, nadie supo dónde fue. Habían pasado solo dos semanas de su huida cuando, en un depósito de ácido de la empresa química en la que ella había trabajado, encontraron un retazo de su famoso vestido rosa, pegado a una de las paredes del depósito. Todos habían admirado ese vestido, ceñido a su maravilloso cuerpo. Ahora solo quedaba esa evidencia... del vestido, y del cuerpo. La nota que encontraron en su mesilla de noche, corroboró el suicidio. No podía soportar la ausencia de su expareja.

En su masivo y tumultuoso entierro, avivado por el morbo, él no apareció.

—Al final ya ves, no eran más que unos desgraciados. Y él, qué cabrón, ni siquiera venir a su entierro. Para mí ya ha dejado de existir. ¿Qué fue de esa pareja ideal que todos envidiábamos? Lo que decíamos, ¡pura farsa!

Al cabo de medio año recibieron la notificación de que él había desaparecido en un accidente fortuito en las islas Eolias, cercanas a Sicilia. Se había alejado excesivamente de la playa, y el mar se lo había tragado. “Mejor así”, sentenció la mayoría.

Como ellos, también su plan resultó perfecto. El cadáver descompuesto y diluido, comprado en el mercado negro. Los traficantes que le recogieron en alta mar. Un especialista en borrar todas las huellas, físicas y digitales. Una cirugía facial perfecta que les había proporcionado una belleza oriental. Y una nueva identidad en una islita minúscula de Indonesia. El dinero ahorrado durante años había cumplido el mejor de los objetivos. Ahora, cuando acompañaban a sus selectos clientes a visitar su paraíso, reñían en público en uno u otro momento.

Por fin habían aprendido que, para vivir su perfecta relación, debían mostrar públicamente alguna imperfección.

16. NÁUFRAGA

Era como una peli de cine. El yate dónde íbamos mis amigos, mi pareja y yo había naufragado y yo era la única superviviente en esa isla perdida en algún lugar del Pacífico. Tras una interminable semana había desechado la idea de que me encontrasen. Estaba sola y debía decidir si sobrevivir o morir. Y de momento optaba por lo primero. Supongo que había tenido suerte. La isla era rica en fruta, los peces se dejaban coger y había un inmenso manantial de agua potable debido a las abundantes lluvias que caían un par de horas, indefectiblemente, cada tarde.

A las dos semanas y media apareció. También como en esa película de Tom Hanks,… ¿sería "miércoles" su nombre...?

No hablaba, profería sonidos guturales y se comunicaba a través de gestos y expresiones faciales. Por supuesto, iba sucio, haraposo, melenudo y barbudo. Desde el primer momento se convirtió en mi esclavo por decisión propia. Me traía comida, arreglaba los desperfectos de mi cabaña, velaba mi sueño… Mi hipótesis era que llevaba mucho tiempo solo y había olvidado casi cualquier rastro de dignidad humana.

Las primeras semanas dormía con un ojo abierto… Un hombre tras tanto tiempo sin hembra debería estar hambriento. Y la verdad es que yo era una perita, no sé si en dulce, pero con mis 30 añitos y gimnasio diario estaba realmente en mi punto. Pero lo cierto es que se comportaba realmente como un esclavo y no se atrevía ni a tocarme un pelo…

Transcurridos unos meses quién debía empezar a temer

por su integridad sexual era él. Así limpito, sin barba y bien peinado —yo se lo había ordenado—, era un hombre realmente atractivo, o al menos a mí me lo parecía, con un buen cuerpo y bien dotado, por lo que se desprendía de su paquete casi al descubierto.

Podía ordenarle un servicio sexual sin problemas, la cuestión era que mi novio me había acostumbrado a una relación de sumisión y lo que realmente me ponía era ser humillada… Pero ¿cómo mantendría mi estatus de ama si mi esclavo me humillaba? Era realmente un dilema.

Un día lo vi masturbándose con fruición con mis bragas en su nariz. Aproveché la circunstancia, fui a por una cuerda y le ordené "escoria, te ordeno que me ates y me folles"… Lo hizo a las mil maravillas… ¡así dale más fuerte a tu ama! ¡Perro, ya sabes quién manda!

Salí muy airosa del embate y los siguientes meses fueron gloriosos; le obligaba a darme sus pies para chuparlos, a que me diera palmetazos en el culo, o a que me escupiera de vez en cuando.

Un día, inesperadamente, llegó con él… Dios mío, ¡¡¡era mi novio...!!!, a pesar de su cuerpo flácido y su demacrado rostro era sin duda él. Me abrazó como un perrito faldero… Los días siguientes hicimos el amor —lunes…le cambiaba cada día el nombre según el día de la semana para no olvidarme, tuvo que dormir en otra cabaña—. Al esclavo se le veía algo lastimero y en algún momento vi que nos espiaba, pero lo mantuve a raya. Al cabo de, ¿quizás un año?, el aburrimiento con mi novio era absoluto…. Era mucho más feliz con mi esclavo, mucho más fogoso, atento y tolerante; sin lamentaciones, exigencias y tontadas. Pero claro, desembarazarse de un novio en una isla casi desierta no era tarea fácil.

Un día les sorprendí follando. Jueves lo sodomizaba con su gran herramienta mientras lo mantenía atado y repetía mis palabras… Vamos esclavo, muévete para que te cabalgue… mi novio estaba en éxtasis.

Al poco me confesó que estaba enamorado de viernes, que yo lo trataba injustamente como a un esclavo, pero era una persona maravillosa y que se iba a vivir con él. Entré primero en shock, luego en cólera y finalmente en un planificado estado de venganza. Esa noche, aprovechando la oscuridad y mi conocimiento de la isla, me aventuré a ir a donde siempre sospeché que estaría la madriguera de mi esclavo. No me fue demasiado difícil encontrar todo tipo de restos que me guiasen a mi destino.

Entré en el agujero que era su vivienda en el pasado, y hallé distintos objetos que probablemente rescató de su naufragio. Entre ellos había una pulsera de cuero con una chapa de plata y un nombre grabado, Károly Fronchossi... Me sonaba un montón ese nombre.

Seguí rebuscando y encontré algunos retazos de periódicos. En todos podía leerse una misma noticia, Károly, el caníbal, había sido detenido y sería trasladado e ingresado en la prisión de máxima seguridad de St. Mitchell, de por vida.

Ahora los recuerdos se agolpaban en mi cabeza. St. Mitchell era una prisión para condenados a cadena perpetua y estaba en una inexpugnable isla del pacífico. Leí que el barco que le transportaba había naufragado y que no había supervivientes... Parece que al menos uno sí.

Durante varios días la prensa se felicitó porque, por lo menos, un monstruo como Károly ya no estaba sobre la faz de la tierra. Al parecer, en cada nueva relación amorosa, indistintamente con mujeres y hombres, actuaba de un modo parecido. Tras unos meses de pasión extrema, un día, sin previo aviso y siempre al amanecer, se comía a su pareja. Festín que duraba varias jornadas en función de la corpulencia de la víctima.

Ahora ya tenía un motivo para seguir viviendo. Esperar a que se comiera a mi novio y luego encerrarle en una celda para que, a través de los barrotes, siguiera cumpliendo con sus deberes sexuales.

17. ESENCIA

Todo empezó el día en que, tras cometer esa acción ignominiosa, se miró al espejo y comprendió que no era digno de sí mismo. Durante toda su vida había ido instalando capas y más capas en su corazón y en su mente, a veces para protegerse, otras para fingir lo que no era.

En ese preciso instante, ya no sabía quién era realmente.

Tantas corazas lo habían convertido en alguien extraño para sí mismo. No se reconocía, o al menos lo que veía, lo que podía observar de su conducta, sus ademanes, sus actitudes, su ser y su estar, le parecía francamente inapropiado, vulgar, cuando no directamente indecente y corrupto. Ya no quería seguir formando parte de su vida, pertenecerse.

Al principio acarició la hipótesis de que igual no era él. Que quizás se había producido algún tipo de fenómeno paranormal y que alguien, de espíritu sensible y honesto, había aterrizado en ese cuerpo desabrido, en ese cerebro siniestro. Quizás se trataba de una posesión diabólica, pero al revés. En el cuerpo de un diablo se había instalado un ser impoluto, decente, que sufría. Esa conjetura le había parecido tan benefactora que acudió a una exorcista. Aún la oye reírse a carcajadas. Según ella, un ángel nunca poseería a un demonio, tenían un gusto bastante más elevado, y le recomendó que fuese inmediatamente a un loquero.

Por supuesto lo hizo, fue a una terapeuta, una famosa doctora En Psicología y Psiquiatría, experta en Sofrología.

Una cosa más de la que arrepentirse. La psicóloga le arrebató toda esperanza. Las sesiones de hipnosis, debidamente grabadas, dejaban a las claras que era él mismo, y en sus regresiones, siendo de nuevo un adolescente, sus recuerdos confirmaban ese afán de esconderse, de negarse, de fingir ser otro más cruel, más perverso, más malvado.

Era un Dorian Gray, un Fausto reencarnado, alguien que había corrompido su alma, pero sin ni siquiera hacer un pacto con el diablo, negociando una recompensa de nivel, como una larga vida de lujos y placeres o algo parecido, sino que su conducta solo obedecía a algo tan mezquino y vulgar como evitar las pequeñas penas, malentendidos y contrariedades del día a día.

Necesitaba pues morir y resucitar, reencontrar su esencia, esa persona consciente, avergonzada, honesta, arrepentida que aún era en algún recóndito rincón de su alma. Sin embargo, la resurrección parecía bastante improbable para alguien que no fuese hijo de Dios, y su padre, un minero al que apenas conoció, más bien tuvo que ver con el infierno que con el cielo. Lo recordaba siempre taciturno, bebedor y pálido como un cadáver, bajo el negro hollín que cubría su piel y que terminó matándole.

Comenzó a leer todos los libros y ver todos los documentales y series de TV relativas a posibles vidas tras la muerte. Sobre zombis, sobre momias, sobre *Walt Disney* y su congelación criogénica, sobre muertes aparentes. Fue en Juego de Tronos, en su última temporada, en una secuencia de la batalla de Invernalia, cuando vio la luz. El protagonista, *Jon Snow*, antes de enfrentarse al rey de la noche y a sus muertos vivientes, sentencia: "se muere cuando se pierde la memoria". ¡Eso era! Debía olvidarse de ese yo que había sido hasta ese momento, exterminarlo y despertar con otros recuerdos, con otra memoria, otro yo.

Sin embargo, tampoco la reprogramación de memoria, al menos a principios del S. XXI, parecía una opción. Existían drogas que te sedaban, te confundían. Otras, tomadas en sobredosis, si no te mataban, podían crear cuadros paranoicos permanentes; pero la promesa de una recuperación en otra piel y en otra mente era más que improbable.

Que la memoria, que los recuerdos llegasen a desaparecer, tenía que ver mucho con los demás. Continuamente te recuerdan lo que eres. Podría cambiar de calle, de ciudad, mejor de país. Un lugar donde nadie pudiese reconocerle y en el que nadie de sus conocidos querría instalarse. Sin embargo, eso último no podía garantizarse y luego estaba él mismo que, cada día, frente a las ventanas, los escaparates, los retrovisores, el móvil, los estanque, veía su nefasta imagen reflejada: eres tú, Carl, hijo de la gran puta.

Durante todo este proceso, había desarrollado una especie de autofobia y en las últimas semanas solo la visión de su propia cara le causaba nauseas hasta el extremo de llegar a vomitar. Sus fotos hacía tiempo que las había quemado, y había eliminado todos los espejos de su casa, pero era inútil. Sus propias gafas, de las que no podía desprenderse por su avanzada miopía, eran un arma que constantemente proyectaba su imagen.

Y aunque lograse cambiar su cara, incluso su voz, qué pasaba con su narrativa mental que a cada momento le contaba de dónde venía, que había hecho y en qué ser amoral se había convertido. ¿Cómo autoinducirse una amnesia y luego despertar siendo otro?

Debía empezar por lo más fácil, un cambio físico y una vida en un país lejano, casi sin conexiones culturales con el suyo. Luego una rutina eficaz de estupefacientes que le hiciesen olvidar gradualmente su antiguo yo. Y finalmente alguien que le rescatase, que le ayudase a reconstruir su nuevo yo. Pero, ¿y si volvía a transformarse en el ser vil y despreciable que era en ese momento?, ¿cómo garantizar que en su nueva vida sería una persona honesta, ética, de sólidos valores morales?

Necesitaba un asistente de confianza, alguien que velara en todo momento por culminar ese proceso de cambio y que luego desapareciese sin dejar rastro.

Había conocido a Marcelo hacía unos 25 años, durante el servicio militar. Se habían visto y escrito muy poco tras dejar los uniformes, pero siempre había existido entre ellos una línea invisible de cariño y conexión. La última vez que se vieron, casualmente en un bautizo, él le dijo "hermano, sabes dónde estoy, lo que necesites".

Pues iba a necesitarle. Y por supuesto le pagaría generosamente el servicio. Él era un agente de seguros de poca monta y Carl había ganado mucho dinero con sus turbios negocios. Darle ese sucio dinero a cambio de la salvación de su alma sería una forma de expirar sus pecados.

Le bastó una llamada y un maravilloso almuerzo en un restaurante *chic*, para convencerle. Él se encargaría de todo. Operación estética maxilofacial; cirugía para el acortamiento de las cuerdas vocales de forma que vibrasen más veces por segundo, logrando un tono más agudo; nueva documentación y nuevo nombre; rutina de *Rohipnol*, un fármaco que, en las dosis adecuadas, y acompañado de alcohol, garantiza la amnesia en poco tiempo. Billetes de avión y alquiler de un apartamento en un lugar desconocido del próximo oriente, donde ni lengua, cultura o religión tuviesen nada que ver con su vida, sus recuerdos y experiencias. En ese nuevo país seguiría el tratamiento amnésico de forma intensiva. Solo cuando Marcelo viese que el olvido era efectivo e irreversible, le abandonaría para no volver a verlo jamás.

Transcurridos tres años, apenas unos minutos en su memoria, Adil, antes Carl, regresaba de pasear, como cada día, del frondoso parque que había frente a su apartamento. Estaba tratando de abrir la puerta, cuando subían por la escalera los vecinos del 3ro 1a y su hijo adolescente. Se hizo a un lado, de espaldas, para que pasasen por el estrecho rellano y no tener que dirigirles la palabra. No puedo evitar oír las palabras del muchacho, segundos después de pasar por su lado.

—Ese señor es Carl.

—No digas tonterías Pablito, Carl se fue hace años. Este señor se llama Adil y vino de Arabia.

—Pero huele igual que Carl.

—Qué sabrás tú de olores; ¡si ni tan siquiera te pones la colonia que te regaló la tita Rosario!

En ese instante, como una pirámide de cartas, todo se desvaneció. Marcelo se la había jugado y lo había devuelto a su casa de siempre para quedarse con el dinero destinado al viaje y al alojamiento, convencido de que nunca recuperaría la memoria.

Volvía a ser el Carl a quien tanto había odiado y despreciado. Entró en su apartamento y se sentó en el sofá, recordando palmo a palmo cada rincón de la casa. Tras unos minutos de consternación, empezó a sentirse diferente, a congraciarse consigo mismo.

Después de todo quién mejor que Carl podría asesinar a Marcelo, sin ni una nube de culpa o de piedad.

18. SIRENA

1987
—"¡Tomás sin llorar, vamos cariño no se llora, sin llorar!"

2020
—"Carolina, sabes que llorar no es la manera, dímelo sin llorar".

1987
—"Tomás, ¡mira!, la sirenita no quiere comer más y por eso llora…" ¿Qué le vamos a decir a la sirenita…?
—¡No lora, no lora inerita...!
—¡Claro! las cosas se dicen sin llorar!

2020
—"Carolina, no pasa nada, … ¿no te gusta esta carne tan cruda?"
—No, joder, Tomás, ya sabes que no soporto la carne cruda.
—Vale, dímelo, pero sin sollozar… si no, no puedo entenderte… ¡y esa boca tan sucia!

1987
—¿La sirenita sigue llorando?, Tomasito ¿qué haremos?…
—Cara red, cara red….
—¡Eso es!, ¡de cara a la pared hasta que deje de llorar!

2020

—"¡¡¡Pero Carolina, amor, ya te he dicho que no te entiendo si lloras!!!, además con esos mocos, por Dios, no sé lo que pareces… anda vete de cara a la pared un rato".

1987

—Tomás, ¿la sirenita ha dejado de llorar?, ¿ya no llorará más? Igual que cuando tú lloras, ¿eh, Tomás? Dile a la sirenita que cuando deje de llorar puede venir otra vez a la mesa a comer… ¿vale?

—Sirenita no llorar y no come…

—Muy bien Tomás, si llora no come.

2020

—¿Ya Carolina?, ¿ya se te pasó esa pena tan honda? ¡Eres muy mayor para llorar! ¡31 años! ¡Si mi madre te viese se reiría mogollón! Anda si has dejado de llorar ven a la mesa, suénate los mocos y ven…

1987

—Vamos Tomás, come la carne tu solito… ¡Qué ya eres mayor! ¡La próxima semana tres años! Hay mi niño que ya es un hombrecito... Está rica eh, así tan blandita. ¡Esto es un poco de sangre que se aparta y no pasa nada… muy bien!, ves Tomasito, ¡sin llorar!

2020

—Tomás, te lo suplico, ¿puedo freírme más la carne?

—¡Qué pesada eres! Tú misma… La carne así tan hecha como te gusta no sabe a nada, pero ¡allá tú! Ya sabes que siempre trato de que te acostumbres a lo bueno… ¡pero como parece que te gusta lo peor!!!… en fin, lo que importa es que te alimentes cariño…

1987

El padre de Tomás, lanza una mirada de aprobación a su mujer. Están empeñados en una educación coherente, no sexista. Su hijo juega con muñecas y no le permiten el chantaje emocional. Detestan a esos niños maleducados que fingen y manipulan a sus padres en todo momento. Que lloran por cualquier cosa, especialmente en público, y hacen que, sea por vergüenza y/o por culpabilidad, los padres vayan todo el día de cráneo. Tomás es ya muy autónomo para su edad, come solo, comida muy sana y sabrosa. Carne muy poco hecha ¡y nada de azúcares o sal!

2020

—Carolina sabes que te adoro, pero tus padres hicieron un estropicio contigo. No me mires así, con esa carita de no haber roto un plato... a mí no me chantajearás como a ellos, ¡o a tus exnovios! ya verás cómo aprenderás, poco a poco… con mi cariño y dedicación lo conseguirás. ¿Cuánto llevas encerrada en casa?

—Creo que… tres meses… He perdido la cuenta.

—Sí, bueno, un poco más… Con Sara estuvimos seis meses… luego la muy perra hizo lo que hizo y pasó lo que tenía que pasar. Pero tú eres mejor persona, más inteligente y obediente. ¡Además a ti te sienta mucho mejor este vestido de sirena!

19. EL ARCHIDUQUE

Lo tenía todo, sangre azul, dinero, belleza, pero su único aliciente era investigar los límites del ser humano, el significado profundo de su naturaleza, aquello que lo diferenciaba de un geranio o un oso polar. De hecho, su abuelo, el archiduque de Habsburgo, primo de Sisí —sí, sí, la emperatriz—, había sido el primer *hippie* de Mallorca y por allí aún recuerdan sus excentricidades.

Una de las frases preferidas de su abuelo —mucho más tarde supo que era de Publio Terencio "el Africano"— y, que repetía incesantemente, era "*Homo sum, humani nihil a me alienum puto*" —nada humano me es ajeno—. Estaba decidido a experimentar con todo lo humano, y especialmente con lo que le era más ajeno.

Empezó con las alternativas más elementales, ser vegano, gay, sin techo, adicto... dado que todo ello resultaba bastante aceptado y aceptable, inició una versión más extrema, se coloreó la piel y la melena de negro, pasó por una intervención quirúrgica para padecer algo similar a una tetraplejia y trasladarse en silla de ruedas; se automutiló, cortándose una oreja que sustituyó por un *tatoo* elocuente, una calavera de cuya boca asomaba un bocadillo de comic y en su interior, con letras góticas, un sonoro "*!fuck you!*".

A todo esto, su familia se enteró de su situación, y tras un consejo de urgencia y una decisión unánime, decidieron desterrarle y desheredarle. Ello no hizo más que confirmarle que iba por el buen camino. Si su casposa familia se había escandalizado hasta ese extremo, es que estaba logrando transgredir los cimientos de la desalmada sociedad biempensante.

Desgraciadamente, entre sus planes no había previsto la existencia de un elemento crucial, nada menos que el cuarto poder, los *mass-media*. La suya era una historia realmente suculenta y la prensa de colorines no tardó en oler la sangre y publicar todo lo referente al personaje, lo verdadero, lo verosímil y, en especial, lo falso y reconstruido, es decir aquello que el público estaba dispuesto a devorar.

En menos de tres meses nuestro archiduque se convirtió, o mejor dicho fue transformado, en el héroe de los desamparados, desarrapados y desarraigados. Un mito, una nueva V de *Vendetta*, rebelde, disidente, que odiaba a los suyos, los ricos, y quería ser como el pueblo más pueblo y más llano.

De la noche a la mañana le perseguían por todas partes y le pagaban fortunas por cualquier cosa, una foto, un comentario, incluso un insulto. Mucha gente le vitoreaba por la calle, "viva el archiduque del pueblo, el archiduque rojo". Por supuesto los periódicos de derechas le sacudían vehementemente: "el archiparia, se enriquece con las esperanzas de los más desfavorecidos".

Éstos últimos titulares le habían ofendido extremadamente y aceptó participar gratuitamente en el *reality* de moda, "cena con tu ídolo… y lo que surja", para demostrar que lo suyo era auténtico, sin interés alguno de lucro o protagonismo.

Cenó, en vivo y en directo, en una cama *king size* de sábanas de negro satén, con una mujer tullida, abandonada por su familia debido a su impenitente alcoholismo, con cáncer de piel y desahuciada por los médicos. Al finalizar la cena y apagarse las luces, todos los espectadores pudieron percibir que él bajaba *downtown* y le practicaba un enérgico y, si nos ceñimos a los gemidos, eficaz servicio.

Dicha acción, lejos de mejorar su reputación, no hizo más que excitar a los paparazzi, y las hienas salieron a por su festín. He aquí algunos retazos de periódicos, tomados a azar: "perversión sin límites, lame a una moribunda por dinero"; "el archiabominable degustador de carnes putrefactas", "las contracciones eran estertores", etc. El más perjudicado fue el programa, que recibió tal alud de críticas que desapareció en un plis plas.

Ahora salir a la calle era una actividad de riesgo evidente, pero lo peor de todo no era eso. Lo peor era que esos buitres habían torpedeado su proyecto vital, su propósito de desarrollar todas las facetas del ser humano, en especial las más provectas, marginadas, denostadas, execradas. Ser famoso, para él, estaba en las antípodas de lo que significaba "ser humano".

Pensó en el suicidio como salida honorable, pero no hay nada peor que un antihéroe muerto, para que se convierta en icono de las tribus urbanas más *cool*. Él jamás había pretendido ser modelo ni ejemplo de nada ni de nadie.

Sumido en la desesperanza, fue un desaprensivo quien cambió involuntariamente su punto de vista. Concretamente una nota anónima, atada a una piedra también anónima, que aterrizó en su comedor tras hacer añicos el cristal de la ventana. Decía: "Nunca ha existido una escoria como tú. Ahora el pueblo sabe que eres la cosa viva más abyecta sobre la faz de la tierra. Un virus pestilente que debe extirparse por el bien de la humanidad".

¡Eso era! Era necesaria una nueva humanidad. No se trataba de experimentar sobre todas las facetas actuales del ser humano, sino de volver a los orígenes. En su caso esos orígenes consistían en regresar a su destino de cuna, a volver a ser el archiduque rico, poderoso, egoísta, supremacista, déspota, racista, sexista y fascista.

A las pocas semanas de su nuevo propósito, divulgado a los cuatro vientos por los tabloides —"el architraidor, abomina de la clase trabajadora y se arrastra para ser readmitido en la alta sociedad"— su familia se presentó en su casa para decirle que le habían perdonado, ahora que volvía a ser uno de los suyos. La reconciliación incluía la restauración de sus privilegios, de su legado y su fortuna. Ello también le sirvió para restaurar su aspecto físico a costa de múltiples y carísimas reparaciones quirúrgicas.

Una tarde de lujurias variadas, escuchó por primera vez la versión salsera de Rubén Blades del clásico *Mack the Knife*, y comprendió —o pensó que comprendía—, el porqué de todas las cosas: "si naciste pa' martillo, del cielo te caen los clavos".

20. FAKE NEWS

Iba a la sala de espera de un hospital privado, a la planta de traumatología. Era el más calentito y el que tenía mejores revistas, además de televisión. Allí los familiares decían lo que no se atrevían a decir frente a los pacientes.

Una helada mañana de otoño, agazapado en mi rincón, oí hablar de Karila, habitación 121. Accidente de coche, su marido murió en el acto y ella enviudó con tres hijastros, ya adultos, y mucho, mucho dinero. Lesión incompleta de la médula espinal y traumatismo intracraneal con pérdida parcial de la memoria. Pronóstico reservado.

—Pues Karila aún es joven y puede vivir muchos años mientras se gasta el dinero de papá en rehabilitación psicomotor, adaptar todas las habitaciones de su casa, cuidadoras, medicamentos carísimos y clínicas de reposo en el extranjero.

—Nunca entendí por qué se casó con ella cuando murió mamá. Si se trataba de tener un trofeo, una mujer joven y guapa, le podía haber puesto un apartamento en el centro.

—Cómo tú con esa sudaca ¿no?

—Mira Bombi, no te consiento…

—Venga joder, que no estamos aquí para hablar de vuestros rollos… Y ahora qué hacemos, ¿vamos a dejar que se quede con todo.

—Podemos incapacitarla si los tres aseguramos que se le ha ido la olla. Tengo un muy buen amigo abogado que…

En ese momento los tres giraron sus caras hacia mí. Yo parecía absorto en mi revista y mis cascos, moviendo la cabeza al ritmo de alguna música, aunque en realidad escuchaba atentamente.

—Bueno aquí no es lugar para hablar, pero es evidente que tiene fallos de memoria… igual podemos prepararla por si la entrevista un juez.

—Qué quieres decir.

—Debemos ponernos de acuerdo en darle la misma información cada día. Fechas, nombres, acontecimientos familiares, políticos, etc… ya me entendéis.

—Yo no te entiendo.

—¡Hostia Daniel!, —bajando mucho la voz— datos…

No llegué a oír esa última palabra, pero podía intuirla. Datos falsos. El resto no pude descifrarlo.

—Bueno quedamos este finde y terminamos de montarlo.

—Es un buen plan.

Tan pronto como salieron, me dirigí a la habitación 121. Karila dormía. Tendría sobre los 40 años. A pesar de los moratones en la cara, era una mujer hermosa, una belleza indígena, andina. En esos momentos abrió los ojos.

—Hola, soy el asistente social, Fernando. Sabe dónde está y porqué está aquí.

—Sí, estoy en el 12 de octubre por el accidente.

—Eso es. Bueno descanse, más tarde vendré a verla.

No me costó encontrar la noticia en Internet. Karila Álvarez, viuda de Gregorio Hertz, el propietario de una conocida empresa de limpieza, muerto a los 67 años. En la esquela estaban los nombres de sus hijos. De nuevo la red de redes me situó a cada uno de ellos. Daniel, el mayor, 47 años, gerente de Hertz. Pedro, 44, economista, diría que un *free-lance* con oficina en Fuencarral. Y la pequeña, Mari Luz, Bombi para los íntimos, 41, dirige la sección de comunicación y diseño de la revista de moda "*Elle est ainsi*". Rebuscando en los antecedentes de Karila, me costó mucho encontrar ningún dato, hasta que al final fui a dar con su fotografía en una Orla de la Pontificia Universidad Católica del Perú, Lima. Licenciada en Derecho. Me apostaría algo a que vino a progresar a España y, finalmente, se puso a trabajar en la empresa de Gregorio para sobrevivir, como tantos otros emigrantes. Allí él la debió "descubrir".

A partir de ese momento mis visitas a Karila eran frecuentes. Las enfermeras me consideraban amigo de la familia, y Karila y sus hijos, el asistente social. Estando en la planta de traumatismos con cierta asiduidad, no me costó mucho tener información bastante precisa de las dolencias de la paciente y lograr que nadie de la familia Hertz sospechase.

Incluso en una ocasión en que la auténtica asistente social entró, me la llevé fuera de la habitación con la excusa de interesarme por Karila y le dije que, además de un buen amigo de la familia, era asistente social en el Hospital Punta de Europa, en Algeciras. Que había tomado un mes de permiso para apoyarles. Esto, además de cubrirme las espaldas en caso de emergencia, me dio acceso a una mayor información sobre la situación socio-económica de Karila y de su evolución. De este modo supe que era la absoluta heredera del Imperio Hertz, que tenía un seguro de vida dorado y que su evolución era un enigma pues, tanto podía deteriorase física y mentalmente en las semanas siguientes, como mejorar de forma manifiesta. Las próximas semanas eran cruciales.

En los días siguientes fui detectando la estrategia de los retoños de Herz. Inesperadamente, la televisión de la habitación se había estropeado y tardarían en repararla. Algunas mañanas aparecía algún periódico y alguna revista con extrañas informaciones; noticias antiguas, reportajes inventados, sucesos falsos, en resumen, *fake news* en publicaciones que llevaban la fecha correcta. Cada noche esas publicaciones desaparecían. La mano de Miss Bombi, experta en "manipulación editorial", era más que evidente.

Por otra parte, y aunque intentaba no coincidir con ninguno de los hermanos para que no considerasen mis visitas como inusualmente frecuentes, en alguna ocasión había observado a Karila muy confundida, conversando con alguno de sus hijos.

—¿Entonces el marido de papá no se llama Enrique y trabaja en la Bolsa?

—No, Kari, no. ¿No te acuerdas que murió ya hace algunos años? Se llamaba Jaime y era piloto.

Por supuesto, tras mi llegada disimulaban y generalmente se despedían. Bueno Kari, ¡te dejo en buenas manos...!, ¡ya volveré mañana! Un observador externo juraría que nunca vio a unos hijos, en este caso hijastros, tan atentos y

cariñosos con su madrastra.

La verdad es que se tomaban muy en serio su papel. En todo caso, yo también empecé a desarrollar mi estratagema.

Era evidente que Karila me había tomado cariño y que los hijos me consideraban una persona especialmente atenta y servicial… y en algún punto sobornable. Nunca decía que no a las generosas propinas que me daban Daniel y Pedro. Por estas razones, pudo parecer incluso normal que empezase a hacerles confidencias…

—Mari Luz quería hablar un momento a solas contigo. Por desgracia tu madre, perdón Karila, empieza a desvariar bastante y todo apunta que está desarrollando una demencia senil. Aún es poco pronunciada, pero hay que irse preparando.

—Mira Pedro, como le comenté a tu hermano Daniel, últimamente empieza a hacerse un lio con los nombres. Ayer sin ir más lejos llamó a tu hermana Mari Luz, Verónica, como la enfermera.

—Daniel lo siento de veras, pero tu madre cada día está peor. Esta mañana me preguntó si Franco aún iba a veranear al Pazo de Meirás, en Galicia.

El éxito de mi actuación no tardó en dar su fruto. Los tres hermanos me invitaron a una reunión familiar un domingo, precisamente en la casa de quién fue su padre, y que ahora pertenecería a su madrastra. Qué decir, una joya, casi un palacete en plena gran vía madrileña.

—Mira Raimundo —ese era yo—, queríamos agradecerte personalmente los cuidados e interés que has tenido con nuestra madrastra. Por desgracia tú mismo te has fijado en que su deterioro mental ha ido en aumento y que en poco más de tres semanas parece vivir en otra realidad. Nosotros queremos lo mejor para ella y por eso hemos iniciado un trámite judicial para su incapacitación. Así podrá ser atendida adecuadamente cuando salga del hospital. No le faltará de nada, te lo aseguro. Ya hablamos con el Doctor Pereira del asunto y estuvo de acuerdo en realizar un informe declarando su estado de demencia. Tu testimonio también puede ser muy importante en este asunto y nos gustaría compensarte por tu colaboración.

—¿Compensarme?, yo solo cumplo con mi trabajo lo mejor que sé y puedo.

—¡Claro!, lo sabemos, pero personas como tú, tan vocacionales, que cuidan a las personas más allá de su deber, merecen algún reconocimiento. Mira estos veinte mil euros que ahora te damos, son solo una parte. Nos gustaría que siguieses cuidando a Karila como hasta ahora, pero sobre todo que nos siguieses informando de su evolución y que si, en un momento dado, te pedimos que testifiques ante un juez, puedas confirmar su estado de incapacidad para tomar decisiones.

—Pues muchas gracias por este reconocimiento. Lo acepto de buen grado porque sé lo que la queréis; a partir de ahora trataré de estar mucho más tiempo con ella y atenderla en todo. Y no os preocupéis que, aunque se le vaya la cabeza, yo estaré ahí para ayudarla y para comunicaros lo que sea.

Podéis estar tranquilos.

¡Y tan tranquilos y felices como se quedaron! A partir de entonces, dado que ya estaba yo, se redujeron mucho sus visitas

Al cabo de tres semanas se presentó el juez para la entrevista. Estaban todos en esa habitación. El Dr. Pereira, los tres hermanos y el notario para levantar acta y poder declarar la incapacidad permanente de Karila. Yo por supuesto no estaba. No me correspondía y, además, lógicamente el Dr. Pereira, por cierto, un tipo corrupto que había aceptado realizar ese informe de incapacitación sin apenas preguntar, no conocía a ningún Raimundo que fuese asistente social.

Al parecer la entrevista fue de lo más entretenida, como supe más tarde.

—Entonces, ¿cómo se llaman sus hijastros?

—Sr Juez qué preguntas me hace, como me podría olvidar de eso. Daniel, el mayor, nació un 28 de junio de 1973, dicen que hacía un calor insoportable; curiosamente ese mismo día y mes, pero de 1914, fue el famoso atentado del archiduque Francisco Fernando de Austria que dio pie a la primera Guerra Mundial. Pedro nació un 5 de febrero de 1976, al parecer a las 5.36 de la mañana, fue el más madrugador. Y nuestra querida Bombi, María Luz, tres años después, un 7 de abril de 1979 por la tarde. Daniel siempre se acuerda de que cuando nació Bombi, en la cartelera se estrenaba su película favorita, Mad Max.

Todos se quedaron boquiabiertos, como si estuvieran delante del milagro de los panes y los peces.

—Vaya doña Karila, sí que tiene buena memoria. ¿Y qué me dice de Franco?

—¡¡¡Franco!!! No hace tiempo ni nada que está criando malvas… “no” descanse en paz.

El juez se rio a gusto… y tanto que hace tiempo… ja, ja, ja… afortunadamente.

Entonces fue cuando Daniel salió trastornado de la habitación y me llamó al móvil.

—Joder Raimundo no sé qué está pasando, pero mi madrastra está más lúcida que nunca ¡y responde a todas las preguntas mejor de lo que lo haría yo!

—¡Qué extraño...! Bueno a veces las personas dementes tienen días especiales, epifanías temporales que les devuelven por unos momentos a la realidad.

—¡¡¡Pues te aseguro que hoy es uno de esos días!!! Tendrías que venir o al menos hablar con el juez y decirle eso… A ver si por lo menos conseguimos que regrese otro día. ¿Cuánto puedes tardar?

—Bueno, si tomo un taxi en media hora podría estar allí. Pero deberías pagarme un millón de euros, para redondear.

—¿Qué dices?, ¿estás loco? Ya te dimos un dinero.

—Pero entiendo que ahora las cosas están más claras ¿no?, lo que queréis tú y tus hermanos es que inhabiliten a vuestra madre, y ese es otro precio; ¿por qué cuanto le pagasteis a Pereira?

—¿Se fue de la lengua ese cabrón? A él le pagamos bastante menos.

—Ya, pero yo puedo ser decisivo. Ya sabéis que vuestra madre confía mucho en mí y si le dijo que debe aceptar que no está bien y que debe ir a una residencia, lo aceptará.

—¡Está bien! Pero ven enseguida.

—Vendré cuando me entreguéis el dinero. Que venga uno de vosotros a buscarme a la dirección que ahora te envío por Whatsapp. ¡Y no me digas que no lo tienes en metálico!, seguro que entre los tres tenéis una caja B.

—Qué hijo d… Vale, trataré de entretener al Juez, pero ven volando en cuanto te entreguen el dinero.

A los 50 minutos llegué a la habitación, pero no entré solo. Me acompañaba la policía que detuvo a los tres hermanos y al doctor Pereira por estafa, falsedad documental y no sé cuántas cosas más.

Karila y yo disfrutamos cada segundo de su detención. Sus caras de alucinación, sus protestas infantiles, sus recíprocas acusaciones, luego los lloros de Mari Luz cuando la esposaron.

Instantes mágicos por los que valió la pena todo el dolor que pasó Karila al constatar el engaño y la traición de aquellos que había tratado como a sus hijos; momentos que justificaron las horas de preparación de la emboscada, leyendo todos los periódicos, escuchando todas las noticias por mi radio, repitiendo todas las fechas y datos familiares. La última llamada que grabé de Daniel, para que influyera en Karila, fue definitiva. Pero teníamos horas y horas de grabación de sus visitas, de la reunión en casa de su padre, fotocopias de las publicaciones falsas que le entregaban y, por si fuese poco, el Dr. Pereira, temblando como un escolar, confesó desde el momento en que llegó la policía.

Yo también debo confesar algo. El millón se quedó a buen resguardo y esa parte la borré de la cinta que grabé. Total, quién iba a creer a esos desalmados.

Ahora vivimos juntos, felices, gastando a destajo el millón y todo el dinero de Karila para que, cuando sus "herederos" salgan de prisión, puedan heredar unas cuantas deudas.

21. BLANCA Y NIEVES

—¿Puedo ayudarle, hermano?

La voz me resultaba muy familiar, sin embargo, su geometría me era totalmente ajena. Altísima, delgadísima, blanquísima… No era alguien que formase parte de mi círculo, quizás ni de mi especie.

—¿Hermano se encuentra bien?

Por su estilosa capucha pensé que sería la presidenta de alguna secta de las muchísimas que habían proliferado desde lo del virus.

—¿Usted piensa que alguien está bien hoy en día?

—No, ninguno lo estamos, pero la mayoría aún no andamos tirados por el suelo, en mitad de un charco formado, por lo que parece su propia sangre y su propio vómito.

Era difícil atribuir una frase tan descarnada y directa a una boca tan perfecta y sexy, con su lunar en la comisura izquierda de los labios, pero no había nadie más.

—Ahí tiene usted una percepción algo sesgada, el vómito sí, pero la sangre es coral.

—¿Una reyerta?

—Sinceramente estoy pensando en seguir aquí desparramado si sigue usted deleitándome con ese lenguaje tan, digamos, ilustrado… ¿reyerta? Me han dado una somata de hostias, a las que en parte correspondí, y creo que finalmente me dejaron, sino por muerto, por incapacitado… ¡y voto a bríos querida hada madrina que igual tenían razón!

—Entonces no se mueva, pediremos ayuda.

—¿Qué tipo de ayuda?… Debo decirle algo, formo parte de una organización, digamos, ilegal.

Sin inmutarse lo más mínimo, echó hacia atrás su capucha y me mostró en toda su extensión su espectacular semblante tras una mascarilla transparente de silicona con biofiltros, de última generación. En el lado derecho, en un rojo candy, podía leerse "SAVID", las siglas de la organización gubernamental de salvamento contra la enfermedad del Virus SARS-CoV-5, la quinta cepa del bicho que apareció en la tierra en 2019.

—¿Y pude decirme cual es esa organización ilegal? Como sabrá la mayoría de organizaciones lo son, pero nosotros prestamos ayuda a todas, con solo dos excepciones.

—¡No me lo diga!, los "*nazihelpers*" y los "*Crowned*".

—Veo que está al día.

—Por supuesto, permítame demostrárselo (se arrastró como pudo hasta la pared más cercana y logró apoyar su espalda).

—Una de las leyendas urbanas más extendida sobre cuál fue el origen del virus atribuye esa responsabilidad a la "*International Society of Mourners*" ("Sociedad Internacional de Plañideros"). Hasta el 2018 la medicina había avanzado tanto que todo el mundo gozaba de buena salud y, si bien no éramos inmortales, vivíamos hasta casi los 100 años, a veces con cuerpos muy maltrechos y apedazados.

Los plañideros habían empezado sus actividades antes de la *Medical-Boom*, a comienzos del 2010, donde drogas sintéticas curaban las enfermedades más corrientes. Si al principio era un grupo altruista que prestaba ayuda desinteresada a personas con dificultades, después, al no poder ayudar, comenzaron a provocar intencionalmente situaciones que requerían la ayuda del prójimo. Primero cosas pequeñas. Devolviendo carteras que previamente robaban, advirtiendo de obstáculos que premeditadamente habían dispuesto en la calzada, limpiando y arreglando instalaciones públicas que antes habían asaltado. De esto nos enteramos luego, cuando empezó una investigación estatal a fondo. Hacer el bien se había convertido en una peligrosa adicción. Los llamaron los *nazihelper*. Cuando crearon la app, "ayuda a un mendigo", la cosa se les fue completamente de las manos. Idearon un localizador de mendigos que les indicaba donde podía haber personas con "necesidad de ayuda". A partir de algunos parámetros como la indumentaria, la comida, la condición física y psicológica, etc., sus numerosos informantes transmitían las coordenadas de los indigentes y la organización los fichaba, rastreaba y acudía a su encuentro para "ayudarles", quisieran o no ser ayudados, por supuesto.

Tras casi un año de ser cuidados a la fuerza, un grupo de esos indigentes creó una app para identificar "plañideros" y exterminarlos. La acción de la plaza Concordia marcó un antes y un después en esta guerra. Los mendigos tendieron una emboscada a cuatro plañideros y les cortaron la mano derecha, con la que suele darse limosna. A los dos días de ese hecho, los *nazihelpers*, con la connivencia de las fuerzas de seguridad del estado y de ustedes, el SAVID, realizaron una redada y encerraron prácticamente a todos los indigentes de la ciudad para ser "debidamente atendidos", dijeron.

Yo en ningún caso estuve de acuerdo con esa medida, pero para los plañideros fue relativamente fácil argumentar que esas personas no se dejaban ayudar porque tenían trastornos mentales y podían ser peligrosas, y que debía hacerse por misericordia y solidaridad, incluso en contra de su voluntad.

—Y los indigentes fueron exterminados.

—Yo no lo diría así, muchos se suicidaron, o mejor dicho los suicidaron, pero un buen número logró readaptarse a la sociedad.

—Y entonces, cuando se quedaron sin pobres a los que ayudar, se dice que los *nazihelpers* crearon y expandieron el virus para seguir "ayudando", como decía un conocido personaje del siglo pasado, el chavo del ocho, manipulaban sin querer, queriendo.

—Eso no llega ni a leyenda urbana, fue una fabulación sin ningún tipo de evidencia que lo respaldase. La organización, como tal, desapareció, pero aún quedan algunos grupúsculos autónomos que es preciso detener. ¿Y de los *Crowned* que sabe?

—Los "reyes" como les llamamos en la calle. Pues sé que ustedes los consideran terroristas de estado, aunque sobre eso también existen opiniones divergentes.

—¿Y cuál es la suya?

—Yo no estoy de acuerdo en crear una nueva jerarquía social en función de los anticuerpos y el nivel de inmunidad de las personas, y aún menos lo que defienden estos, la necesidad de una nueva realeza formada por los sujetos de mayor carga inmunológica y la creación de una tarjeta serológico subcutánea que establezca una distinción entre aristócratas, ciudadanos de primera, y súbditos, ciudadanos de segunda. Supuestamente eso permitiría atender mejor a la población de riesgo, pero al final, conociendo nuestra historia, los encerraríamos en guetos y los exterminaríamos de un modo u otro.

—Bueno, eso no es lo peor. Como quizás sepa realizan campañas para la infección voluntaria y ya se han dado casos de ataques a personalidades relevantes para infectarles y lograr así que se alineen con sus ideas.

—Sí lo sé, se dedican a morrear a los famosos que encuentran por la calle.

—El famoso beso de la resurrección. Sin embargo, últimamente la prensa más seria le llama el beso de la muerte, porque en esta fase el virus parece que es más letal y se empiezan a quedar sin afiliados… Bueno, y regresando a su organización…

—Me parece que yo ya he hablado bastante. Antes de hacerle nuevas confidencias, hágalas usted. ¿Por qué su voz y su cara me resultan tan familiares?

—Sabe de sobra que los miembros del SAVID debemos ser discretos y mantenernos en el anonimato.

—Pues en su caso, con ese cuerpo de maniquí, se me antoja difícil.

—Supongo que debería tomarlo como un cumplido. ¿Promete que mantendrá el secreto y luego me contará su situación para que pueda cumplir con mi obligación?

—Se lo prometo, juro y le daría incluso mi palabra de honor si no estuviese en esta situación tan poco honorable.

—Le diré como me llamaban hará unos cinco años y así será todo más fácil. Era, Blancanieves. Y no exactamente la del cuento.

—(….)

—¿Eres ESA Blancanieves?

—Lo era.

—Bueno en los tabloides solían separarlo, Blanca-Nieves…

—Veo que quieres poner el dedo en alguna llaga… No te lo recomiendo, yo lo tengo bastante más fácil contigo…

—Ja, ja, ¡es cierto! ¡Soy prácticamente una gran herida abierta...! Déjame recordar.

Eras la reina de la farándula. Todo el mundo se disputaba tener algo contigo para ser famoso. ¿Es cierto que te acostaste con Gino y Valentino y que desde entonces son heteros?

—Ahora me has defraudado, pensaba que eras un tipo culto, con mayor altura de miras.

—OK, mis disculpas. Lo que me viene a la mente es que eras la reina indiscutible e indiscutida del *Bio-Glam*, el travestismo biológico. Te ponías de todo, bueno en especial de "nieve" y eso te iba volviendo cada vez más blanca, hasta convertirte casi en transparente.

Instintivamente fijé mi mirada en su cuerpo tratando de localizar alguna muestra de piel desnuda. Solo sus ojos oceánicos y su cara, a través de la máscara, eran observables, pero resultaba difícil apreciar su carne de manera directa. Entonces se quitó un guante. Su mano era como de plástico traslúcido. Como un pedazo de metacrilato lleno de venas y huesos.

—Ciertamente me drogué mucho, creo que más que nadie que haya conocido, pero fui de las primeras en poder acceder a la última generación de sistemas de desintoxicación. Como en los *vomitoriums* romanos, teníamos una sala de extracción y sustitución inmediata de todos los fluidos corporales, operación que apenas duraba cuarenta y cinco minutos, el problema es que yo lo utilizaba varias veces al día. Y aquí tienes los efectos secundarios.

—Dicen que tienes veneno en la piel, y es que estás hecha de plástico fino. Dicen que tienes un tacto divino y quien te toca se queda con él.

—Sí el grupo "Radio Futura", 1990, no eres nada, nada, original.

—Bueno, ¿y qué hacemos contigo?

—Uy, espera, espera, ¿y cómo pasó la reina de los VIPs a ser una humilde trabajadora del SAVID?

—Hace muy poco que entré en el SAVID, en realidad tu eres mi primer caso.

—¡No!, ¡Dios cuánto honor!

—Está visto que no podré llevar máscaras transparentes. De todos modos, me has prometido y jurado que esto quedará entre nosotros.

—¡Cuenta con ello!, pero explícame porqué decidiste cortar con todo y rehabilitarte.

—Mi madre. Se arrastró por todos los programas de televisión vendiendo mis "secretos". Al final se lo inventaba todo, relaciones inexistentes, maltratos, incluso dijo que había tenido un aborto clandestino. Cuando finalmente gané las denuncias que había interpuesto contra ella, tuvo que cambiar de guion. Se le ocurrió inventar que tenía una relación lésbica con la hija de un famoso gitano, el "gordo Heredia". La encontraron abierta en canal en un basurero de Matalacaña.

Desaparecí durante tres años, internándome en un Monasterio en el que realizan una terapia radical… Ni se te ocurra preguntarme por eso porque ahí sí que te dejaría aquí, a tu suerte.

—A mi mala suerte, querrás decir. Vale, me toca. Mi nombre es Carolus, soy miembro, en realidad líder, del PADES.

—Ummh, ¿Pacientes Desestimados por el Sistema?

—Eso es.

—¿Y tú tienes?

—Una válvula aortica que no funciona. Hace más de dos años que debían haberme operado. Mi esperanza de vida actual es de entre cuatro meses y, a mucho estirar, un año.

—¿Una operación compleja?

—No tanto, aunque es una intervención de esas que llaman "a corazón abierto", los cirujanos la tenían muy por la mano y el pronóstico era muy bueno… Hasta que llegó el virus, claro. Ahora todo lo que no sea SARS-CoV-5, no es prioritario. La mayoría de mis compañeros en PADES pueden morir por no recibir ningún tipo de atención. El pasado año perdimos a tres, uno de ellos tenía una neumonía que fácilmente podría haberse tratado.

—Pero en una pandemia lo primero es atajar su evolución.

—¿Y entonces, aquellos que tenemos enfermedades graves debemos conformarnos con morir? Es de locos. La mayoría de los casos de infectados por el virus no son graves y, además, se deben a la propia estupidez de los afectados al no cumplir las sencillas normas que se han establecido. ¿Por qué ellos merecen salvarse y el resto no?

—Lo siento, pero no tengo tiempo para disquisiciones éticas y, en todo caso, no servirían de mucho. PADES, aunque no sea una organización formalmente legalizada, no se considera terrorista, por el momento… Pediré una ambulancia, no vayas a desangrarte. Antes debo hacerte las pruebas reglamentarias para descartar el virus.

Estaba extrayendo un termómetro de infrarrojos para detectar la temperatura corporal de Carolus, cuando este empezó a tener convulsiones…

—Querida Blancanieves me temo que nos hemos conocido demasiado tarde y mi válvula ha decidido dejarme en la estacada.

Blanca dejó el termómetro en el suelo y se acercó a él.

—Te daré un masaje cardiaco mientras esperamos… Pero, no pareces tener fiebre, y ¿esta sangre?,… ¿pero si es colorante?

—Carolus la abrazó y la besó en los labios.

—¡Maldito cabrón, suéltame!

—Te he mentido mi pureza, tienes que saber que ostento la categoría de Marqués entre los *Crowned* y aunque inmune, soy portador de una importante carga viral… A partir de ahora ya no serás más Blancanieves, sino mi Caperucita Blanca…Y yo seré tu manager, tu lobo feroz.

Y envió la grabación que había realizado a escondidas al programa televisivo de máxima indecencia y audiencia, "Sálvame Deviruluxe".

índice del libro

europa ediciones

Finito di stampare
nel mese di febbraio 2021
presso Rotomail Italia S.p.A. – Vignate (MI)